Boyne | Der Junge im gestreiften Pyjama

Lektüreschlüssel XL

für Schülerinnen und Schüler

John Boyne

Der Junge im gestreiften Pyjama

Von Sascha Feuchert
und Jeanne Flaum

Reclam

Dieser Lektüreschlüssel bezieht sich auf folgende Textausgabe:
John Boyne: *Der Junge im gestreiften Pyjama. Eine Fabel.* Übers. von Brigitte Jakobeit. 30., erg. Aufl. Frankfurt a. M.: Fischer, 2016.

Lektüreschlüssel XL | Nr. 15497
2018 Philipp Reclam jun. Verlag GmbH,
Siemensstraße 32, 71254 Ditzingen
Druck und Bindung: EsserDruck Solutions GmbH,
Untere Sonnenstraße 5, 84030 Ergolding
Printed in Germany 2024
RECLAM ist eine eingetragene Marke
der Philipp Reclam jun. GmbH & Co. KG, Stuttgart
ISBN 978-3-15-015497-7

www.reclam.de

Inhalt

1. Schnelleinstieg

Autor	John Boyne, geboren am 30. April 1971, irischer Schriftsteller
Erscheinungsjahr	Original (*The Boy in the Striped Pyjamas*): 2006; deutsche Übersetzung: 2007
Gattung	Roman (Untertitel: »Eine Fabel«)
Ort der Handlung	• das Haus der Familie in Berlin (im 1. Kapitel und in Rückblenden) • ein Konzentrationslager in Polen, von Bruno »Aus-Wisch« genannt
Zeit der Handlung	Während des Zweiten Weltkriegs: Die Handlung beginnt 1943 und dauert (inkl. des letzten Kapitels) mind. zwei Jahre.
Erzählperspektive	Beinahe ausschließlich die personale Sicht des neunjährigen Bruno
Verfilmungen	2008 Großbritannien/USA, Regie: Mark Herman

Handlung

Im Zentrum des Romans steht der neunjährige Bruno, dessen Vater während des Zweiten Weltkriegs versetzt und Kommandant eines Konzentrationslagers wird. Voller Naivität verkennt Bruno, welche Verbrechen sich in seiner neuen Heimat direkt vor seinen Augen abspielen. Aus Langeweile erkundet er die Gegend, was ihm eigentlich streng verboten ist. Dabei gelangt er auch an den Lagerzaun. Dort trifft er den gleichaltrigen Schmuel, der den üblichen gestreiften Sträflingsanzug trägt, den Bruno allerdings als Pyjama missdeutet. Beide Jungen treffen sich in der Folge häufiger und freunden sich an. Als Brunos Zeit in »Aus-Wisch« zum Ende kommt, ohne dass er die Lage seines neuen Freundes wirklich begriffen hat, will Bruno Schmuel noch helfen, dessen verschwundenen Vater im Lager zu suchen. Bruno schlüpft dazu unter dem Zaun hindurch, zieht sich zuvor ebenso Häftlingskleidung an und gerät mit Schmuel schließlich in eine Selektion. Gemeinsam mit anderen Inhaftierten werden sie in eine Gaskammer getrieben und finden dort den Tod. Erst einige Zeit später entdeckt man die am Lagerzaun zurückgelassene Kleidung Brunos, und nur langsam realisiert sein Vater, was wirklich vorgefallen ist. Diese Erkenntnis zerstört den einst so stolzen Kommandanten, der am Ende des Romans selbst von Soldaten weggebracht wird.

■ Werkaufbau

Der Roman, der 20 Kapitel umfasst, ist klar in zwei Teile untergliedert: In der Mitte der Erzählung (Kapitel 10) trifft Bruno am Lagerzaun Schmuel. Ab diesem Zeitpunkt ändert sich sein Leben radikal. In den Kapiteln davor werden Brunos Abschied von Berlin und seine Ankunft am Ort des Lagers, den er konsequent »Aus-Wisch« nennt, thematisiert. Im zweiten Teil des Romans steht die Entwicklung der Freundschaft zwischen Bruno und Schmuel im Zentrum; dennoch wird auch auf die Zeit vor dem Umzug zurückgeblendet (etwa in Kapitel 11).

John Boynes Roman *Der Junge im gestreiften Pyjama* gehört zu den erfolgreichsten Jugendbüchern der letzten Jahrzehnte: innerhalb kürzester Zeit wurde das Werk in zahlreiche Sprachen übersetzt und erreichte eine Millionenauflage. Es erhielt zahlreiche Preise (u. a. den »Irish Book Award«) und wurde 2008 verfilmt. Für John Boyne bedeutete dieses Werk, dessen erste Version er angeblich in nur zweieinhalb Tagen niedergeschrieben hat,[1] den internationalen Durchbruch.

Erfolgreiches Jugendbuch

Die Geschichte um Bruno und Schmuel gehörte rasch zu den einflussreichsten Erzählungen, die je über Konzentrationslager oder den Zweiten Weltkrieg geschrieben wurden. Allerdings – und das gilt es von vorneherein zu beachten – will Boyne seinen Lesern nicht realistisch über den Holocaust erzählen: Schon im Untertitel nennt er die Geschichte »Eine Fabel« und markiert damit deutlich, dass es sich um eine fiktionale Erzählung handelt, die Gleichnischarakter hat und keinesfalls ›historisch‹ in einem engeren Sinne ist. Einige Auseinandersetzungen um den Roman, die schon direkt nach der Publikation entstanden, drehen sich auch um ein Missverständnis, das nicht nur der Untertitel zu vermeiden suchte: denn zahlreiche Leser haben die Geschichte als Versuch verstanden, über tatsächliche Geschehnisse und Verhältnisse in den Konzentrations- und Vernichtungslagern zu erzählen. Der vorliegende Lektüreschlüssel wird daher ausführlich darauf eingehen, worin bei Boynes

Historisches vs. fiktionales Erzählen

1 Vgl. dazu: www.theguardian.com/books/2017/apr/01/john-boyne-my-writing-day (Stand aller im Lektüreschlüssel angegebenen Internetquellen: 2.7.2018.).

Werk der Unterschied zwischen historischem und fiktionalem Erzählen liegt, wo sich beides berührt und woran man das eine von dem anderen unterscheiden kann.

Personale Erzählsituation

Zentral für das Verständnis des Romans ist die von Boyne gewählte personale Erzählsituation: Die Leser erfahren die Geschichte fast ausschließlich aus der Perspektive Brunos, der – um einen Begriff des Erzähltheoretikers Franz K. Stanzel zu wählen – als Reflektorfigur fungiert. Damit wird zum einen Brunos radikale (und ahistorische) Naivität vermittelt und zum anderen der Rezipient implizit aufgefordert, die so entstehenden »Leerstellen« (Wolfgang Iser) in der Erzählung mit seinem eigenen Wissen über die realen Ereignisse des Holocaust zu füllen. Diese unterschiedlichen Standpunkte von Protagonist und Leser zu den Geschehnissen in Aus-Wisch/Auschwitz sind wichtig, um die literarische Funktion von Brunos beschränkter Weltsicht richtig zu verstehen. Deshalb ist der Roman auch erst für Leser geeignet, die bereits über ein solides historisches Wissen verfügen.[2]

Intention der Erzählung

Insgesamt zielt die Erzählung darauf ab, zu zeigen, wohin Ideologie, Hass und Ausgrenzung führen können, wenn man sich nicht eine menschliche (und in

2 Immer wieder wird der Roman auch für eine Behandlung in der achten oder sogar siebten Klasse empfohlen. Aufgrund der komplexen Konstruktion der nur auf den ersten Blick simpel erscheinenden Erzählung plädieren die Autoren des vorliegenden Lektüreschlüssels dafür, den Roman frühestens in der neunten Klasse einzusetzen.

diesem Sinne auch ›naive‹[3]) Sicht auf die Welt bewahrt: Bruno ist durch seine kindliche Unverdorbenheit noch unfähig, zu verstehen, worin der Unterschied zwischen ihm und Schmuel bestehen soll. Er begegnet ihm mit einem reinen Herzen und ohne ideologische Vorprägung; dadurch vermag er fast nur das Verbindende und Gemeinsame ihrer Situationen wahrzunehmen, auch wenn er vieles missversteht. Das macht Bruno zu einer märchenhaft reinen und somit auch unrealistischen (ahistorischen) Figur, die im Laufe des Romans eine bedeutsame Entwicklung durchmacht und mit deren Hilfe der Text eine klare Botschaft transportieren kann. Dass bei dieser symbolischen Erzählweise aber auch Probleme entstehen, die sich v. a. am Romanende zeigen, soll in diesem Lektüreschlüssel verdeutlicht werden.

3 Das Wort geht zurück auf das Lateinische ›nativus‹, was ›durch Geburt entstanden‹, ›angeboren‹ bzw. ›natürlich‹ bedeutete und nicht den negativen Beigeschmack wie die heute übliche Verwendung von ›naiv‹ hatte.

2. Inhaltsangabe

Die Handlung des Romans spielt überwiegend in »Aus-Wisch« und umfasst eine erzählte Zeit von ca. zwei Jahren. Die ersten neun Kapitel führen in die Geschichte ein: Neben Rückblenden (Analepsen), die Episoden aus dem Leben von Brunos Familie in Berlin schildern, wird die schwierige Eingewöhnung des Jungen in sein neues Zuhause dargestellt. Ab dem zehnten Kapitel fokussiert sich die Erzählung auf die problematische Freundschaft zwischen dem Juden Schmuel und dem SS-Offizierssohn Bruno, durch die Letzterer allmählich – wenn auch bis zum Schluss nur in Ansätzen – versteht, wie prekär die Situation in »Aus-Wisch« ist.

Kapitel 1: Bruno macht eine Entdeckung

Brunos Familie verlässt Berlin

Der Roman beginnt medias in res, also ohne große Einführung: Bruno kommt von der Schule nach Hause und erfährt von seiner Mutter, dass die Familie – aufgrund der Arbeit seines Vaters – Berlin verlassen wird. Der Junge ist schockiert und traurig über die bevorstehenden Veränderungen, insbesondere weil er seine drei besten Freunde und seine Großeltern zurücklassen muss. Da sein Vater »[e]ine sehr wichtige Arbeit« hat, »für die man einen ganz besonderen Mann braucht« (S. 11 f.), hat die Familie bei dieser Entscheidung offenbar »keine Wahl« (S. 15). Der Leser erfährt durch dieses erste Kapitel, dass die Familienstruktur hierarchisch organisiert ist und Bruno nichts über die Arbeit seines Vaters weiß.

Kapitel 2: Das neue Haus

Brunos Enttäuschung

Nach der Ankunft im neuen Haus ist Bruno entsetzt darüber, was er vorfindet: »Alles daran war das genaue Gegenteil zu ihrem alten Haus, und er konnte nicht fassen, dass sie hier wirklich leben sollten« (S. 19). Es folgt eine detaillierte Beschreibung des Hauses und seiner Umgebung, bei der immer wieder Vergleiche zu Berlin angeführt werden. Bruno hofft, dass er seine Eltern doch noch überreden kann, dorthin zurückzukehren. Es kommt zur ersten Begegnung mit Oberleutnant Kotler, den er von Beginn an nicht mag. Das Kapitel endet mit einem Blick aus dem Fenster, woraufhin es Bruno »ganz kalt und ängstlich zumute« (S. 30) wird.

Kapitel 3: Der hoffnungslose Fall

Als »hoffnungslose[n] Fall« (S. 10) bezeichnet Bruno immer wieder seine Schwester Gretel, die drei Jahre älter ist als er. Bruno geht nach seinem Blick aus dem Fenster zu ihr, und obwohl sich die beiden nicht besonders gut verstehen, sprechen sie über »Aus-Wisch« (S. 35), wie Bruno ihre neue Heimat nennt. Gretel erklärt Bruno, dass sie für die »absehbare Zukunft« (S. 34) hierbleiben müssen. Beide bedauern

»Aus-Wisch«

dies sehr und Bruno spricht daraufhin von den anderen Kindern, die »überhaupt nicht freundlich« (S. 37) aussehen und zeigt der überraschten Gretel den Blick aus seinem Fenster.

■ Blick aus dem Fenster

Kapitel 4: Was sie durch das Fenster sahen

■ Zwei konträre Welten

Bruno und Gretel stehen am Fenster und sind fassungslos darüber, was sie sehen. Der Kontrast zwischen ihrem Haus und dem Ort hinter dem Zaun ist enorm: Gleich hinter ihrem schönen Garten mit den Blumen und einer Bank befindet sich eine karge Landschaft mit Baracken und unzähligen Menschen. Gretel und Bruno fragen sich, was die Menschen hinter dem Zaun dort tun, warum sie so schmutzig und v. a., warum es so viele sind. Bruno fällt auf, dass alle Menschen die gleiche Kleidung tragen: »einen grau gestreiften Pyjama und auf dem Kopf eine grau gestreifte Kappe« (S. 52). Gretel zieht sich schließlich in ihr Zimmer zurück und versucht, das Gesehene zu verdrängen.

Kapitel 5: Zutritt jederzeit und ausnahmslos verboten

Bruno hat seinen Vater das letzte Mal in Berlin gesehen. In einem Rückblick wird das Unbehagen von Brunos Mutter über den Umzug nach »Aus-Wisch« noch einmal ersichtlich. Zudem ist Bruno bei der Abreise am Bahnhof darüber irritiert, dass er mit seiner

Abb. 1: Bruno und Gretel schauen durch das Fenster auf die andere Seite des Zaunes. Illustration von Gianni De Conno. – © 2009 RCS Libri S. p. A. Mailand

Familie in einen Zug steigt, in dem es noch viele freie Plätze gibt, während unzählige Menschen auf dem anderen Bahnsteig offenbar in dieselbe Richtung wollen, aber in einen anderen Zug gepresst werden – er traut sich jedoch nicht, etwas zu sagen.

Gespräch mit dem Vater

Nach der Ankunft in »Aus-Wisch« entscheidet sich Bruno, mit seinem Vater zu sprechen. Bevor er ihn in seinem Büro aufsucht, hört er Teile eines Gesprächs zwischen dem Vater und einigen seiner Soldaten, in dem es um »Disziplin«, »Effizienz« und »Zahlen« geht (S. 57). Das Büro des Kommandanten ist ein prachtvoller Raum, der viel schöner ist als der Rest des Hauses, zu dem aber der »Zutritt jederzeit und ausnahmslos verboten« (S. 53) ist. Bruno versucht, seinen Vater davon zu überzeugen, nach Berlin zurückzukehren, da er den neuen Ort schrecklich findet. Doch das Gespräch verläuft nicht nach Brunos Vorstellungen und wird von seinem Vater bald darauf beendet. Bruno stellt letztendlich noch die Frage, wer die Menschen hinter dem Zaun seien, woraufhin Brunos Vater erwidert: »[N]a ja, das sind eigentlich gar keine Menschen, Bruno« (S. 69). Mit »*Heil Hitler*« (S. 71), den zwei Wörtern, die Bruno immer zur Verabschiedung sagen muss und deren genaue Bedeutung er eigentlich gar nicht kennt, wird das Gespräch beendet.

»[D]as sind gar keine Menschen«

Kapitel 6: Das überbezahlte Dienstmädchen

Bruno unterhält sich mit Maria über das neue Zuhause in »Aus-Wisch«. Er fragt sie nach ihren Empfindungen, doch Maria gibt ihm zur Antwort, dass ihre Meinung keine Rolle spiele. Bruno realisiert zum ersten Mal, dass er Maria – obwohl sie schon sehr lange das Dienstmädchen der Familie ist – gar nicht als »richtigen Menschen mit einem Leben und einer eigenen Geschichte gesehen hatte. Letztendlich war sie immer nur das Dienstmädchen der Familie gewesen« (S. 78). Maria erzählt Bruno, dass sein Vater – aus alter Verbundenheit – die Kosten für die Pflege und Beerdigung von Marias Mutter übernommen und ihr selbst eine Arbeit gegeben habe.

■ Maria – Dienstmädchen oder Familienmitglied?

Ängstlich fordert sie Bruno auf, seine Gedanken über das neue Haus und die Verhältnisse für sich zu behalten und sie niemals laut auszusprechen. Gretel kommt herein und befiehlt Maria, ihr ein Bad einzulassen, was Bruno verärgert (vgl. S. 82).

Kapitel 7: Mutter nimmt Verdienst für etwas in Anspruch, das sie nicht getan hat

Um die Zeit in »Aus-Wisch« sinnvoll zu gestalten, entschließt sich Bruno, eine Schaukel zu bauen. Hierfür fragt er Oberleutnant Kotler, der mit Gretel vor dem Haus steht, nach einem Ersatzreifen. Kotler befiehlt daraufhin Pavel, einem KZ-Häftling, der als Diener des Hauses arbeitet, Bruno zu helfen. Bruno

■ Pavel – früher Arzt, jetzt Diener

ist erschrocken darüber, wie Kotler mit Pavel spricht. Mit einem unguten Gefühl lässt er Gretel mit ihm zurück und baut im Garten seine Schaukel. Wenig später stürzt er von dieser und verletzt sich am Knie. Da seine Eltern nicht zu Hause sind, kommt Pavel ihm zur Hilfe. Bruno erfährt, dass Pavel eigentlich Arzt ist. Doch warum, so fragt sich Bruno, arbeitet er dann als Kellner bzw. Diener im neuen Haus? Als Brunos Mutter zurückkehrt und erfährt, was passiert ist, wirkt sie verunsichert. Sie bedankt sich zwar bei Pavel, doch schärft sie ein: »Wenn der Kommandant fragt, sagen wir, ich habe Bruno verarztet« (S. 109).

Kapitel 8: Warum Großmutter hinausstürmte

■ Familiärer Bruch

Bruno erinnert sich an seine Großeltern, die er in »Aus-Wisch« sehr vermisst. In einer Rückblende wird an das letzte gemeinsame Weihnachtsfest in Berlin erinnert. Hier kommt es zu einem Streit. Der Vater wird von nun an »Kommandant« genannt und trägt eine neue Uniform. Während der Großvater sehr stolz ist, schämt sich die Großmutter für das Verhalten ihres Sohnes: »Ihr zieht euch fein an und dann erledigt ihr schreckliche, schmutzige Dinge. Ich schäme mich« (S. 118). Die Situation eskaliert und die Großmutter verlässt das Haus.

Da er sich von der Großmutter vor der Abfahrt nach »Aus-Wisch« nicht mehr verabschieden konnte, schreibt Bruno ihr einen Brief, um ihr von dem neuen Zuhause zu berichten.

Kapitel 9: Bruno erinnert sich, wie gern er früher geforscht hat

Bruno und Gretel bekommen einen Hauslehrer – Herrn Liszt –, der sie von nun an jeden Tag unterrichtet. Ihm liegt die Geschichte des Vaterlandes besonders am Herzen. Bruno versucht, sich allmählich mit dem neuen Zuhause anzufreunden und entschließt sich, wieder verstärkt seiner Lieblingsbeschäftigung nachzugehen: dem Forschen. Er möchte herausfinden, welche Leute eigentlich auf der anderen Seite des Zaunes leben und worin der Unterschied zwischen ihnen und den Soldaten in Uniformen besteht. Obwohl es ihm strengstens verboten ist, sich in Richtung des Zaunes zu begeben, beginnt Bruno seine Forschungsreise und erkundet die Gegend.

■ Der Hauslehrer

■ Bruno forscht

Kapitel 10: Der Punkt, der ein Fleck, dann ein Klacks, dann ein Schemen und schließlich ein Junge wurde

Bruno begegnet beim Forschen dem Jungen Schmuel, der auf der anderen Seite des Zaunes sitzt. Bruno ist überrascht über Schmuels dürre und traurige Erscheinung, doch traut er sich nicht, Schmuel darauf anzusprechen. Die beiden unterhalten sich und stellen fest, dass sie am selben Tag Geburtstag haben. Während Schmuel aus Polen kommt, berichtet Bruno über sein Zuhause in Berlin. Bruno erfährt, dass auch »Aus-Wisch« in Polen liegt.

■ Schmuel

Kapitel 11: Der Furor

Entscheidung für »Aus-Wisch«

In einer Rückblende erfährt der Leser, dass der »Furor«, wie Bruno ihn nennt, einige Monate zuvor gemeinsam mit seiner Frau zu Besuch kam. Die Familie ist in großem Aufruhr, um für den Abend alles rechtzeitig vorzubereiten; für die Kinder gelten besondere Grundregeln: Sie dürfen unter anderem beim Essen nicht dabei sein. Während Bruno Eva, die Frau des »Furors«, hübsch und sehr sympathisch findet, kann er mit dem »kleine[n] Mann« (S. 150), der unlustige Witze erzählt, nichts anfangen. Nachdem der Besuch das Haus wieder verlassen hat, belauscht Bruno ein Gespräch zwischen seinen Eltern, in dem es darum geht, Berlin zu verlassen. Die Entscheidung, nach »Aus-Wisch« zu ziehen, ist gefallen.

Kapitel 12: Schmuel überlegt sich eine Antwort auf Brunos Frage

Schmuels Leben vor »Aus-Wisch«

Schmuel erzählt Bruno von der Zeit, bevor seine Familie nach »Aus-Wisch« kam und wie sich seitdem alles verändert hat: Sein Vater arbeitete als Uhrmacher und seine Mutter als Lehrerin (vgl. Kap. 10 »Prüfungsaufgaben mit Lösungshinweisen«). Schmuel und seine Familie mussten erst eine Armbinde mit Davidstern tragen; später wurden sie gezwungen, ihre Wohnung zu verlassen und in ein ummauertes Gebiet nach Krakau zu ziehen. Hier wohnten sie zu elft in einem Zimmer. Schließlich wurden alle Menschen aus dem Viertel von Soldaten abgeholt und mit einem Zug nach »Aus-Wisch« gebracht.

Bruno versteht nicht, warum Schmuel beim Erzählen immer trauriger wird. Schließlich musste doch auch er sein Zuhause verlassen und ist mit dem Zug an einen so schrecklichen Ort gekommen. Und auch sein Vater trage auf dem Ärmel seiner Uniform ein Abzeichen (mit Hakenkreuz). Die unterschiedliche Bedeutung der Abzeichen kennt Bruno nicht.

■ Brunos mangelndes Verständnis

Nachdem sich die beiden Jungen voneinander trennen, entscheidet sich Bruno, niemandem von seinem neuen Freund zu erzählen.

Kapitel 13: Die Weinflasche

In einem Gespräch mit Maria erfährt Bruno mehr über Pavels Lebensgeschichte. Anschließend trifft er, wie jeden Nachmittag, Schmuel am Zaun und erzählt diesem von Pavel. Er ist erstaunt, dass sich Schmuel und Pavel nicht kennen, obwohl sie auf derselben Seite des Zaunes leben und beide aus Polen kommen. Daraufhin unterhalten sich Bruno und Schmuel darüber, was sie später einmal werden möchten. Während Schmuel gerne im Zoo arbeiten möchte, will Bruno Soldat werden. Als er Oberleutnant Kotler erwähnt, wird Schmuel ängstlich und beginnt zu zittern.

■ Zukunftspläne

Am Abend ist Oberleutnant Kotler zu Besuch bei der Familie. In einem Gespräch kommt ans Licht, dass Kotlers Vater, ein Literaturprofessor, Deutschland 1938 verlassen hat und somit nicht dem Vaterland

■ Oberleutnant Kotler

dient. Die Stimmung am Tisch wirkt sehr angespannt, und als Pavel, dem es nicht gut geht, etwas Wein verschüttet, eskaliert die Situation und endet in einem Wutausbruch Kotlers gegenüber Pavel. Bruno ist über das Verhalten schockiert und v. a. auch enttäuscht, dass niemand aus der Familie eingreift. Pavel taucht in den weiteren Kapiteln nicht mehr auf, und so bleibt es für den Leser offen, was genau mit ihm geschehen ist.

Kapitel 14: Eine absolut vernünftige Lüge

Aufgrund häufiger Regenfälle kann Bruno sich nicht jeden Tag mit Schmuel treffen. So unterhalten sich eines Nachmittags Gretel und Bruno aus Langeweile. Dabei erwähnt Bruno aus Versehen seine Freundschaft mit Schmuel. Als seine Schwester nachhakt, greift Bruno zu einer Notlüge und erzählt ihr, dass er einen imaginären Freund habe.

- Angeblicher imaginärer Freund

Kapitel 15: Ein Fehler

Die Vorbereitungen für die Geburtstagsfeier von Brunos Vater sind in vollem Gange. Bruno trifft im Haus den von ihm verhassten Oberleutnant Kotler, der sich, wenn der Kommandant nicht da ist, aufführt, als wäre es sein eigenes Zuhause. Als Bruno anschließend in die Küche tritt, traut er seinen Augen kaum: Schmuel poliert Gläser für die Feier. Bruno freut sich, seinen Freund wiederzusehen, und gibt ihm etwas zu essen, obwohl Schmuel dies aus Angst zuerst verweigert. Kurz darauf kommt Kotler in die Küche und beschuldigt Schmuel des Diebstahls. Als Kotler Bruno fragt, ob er Schmuel kenne und ihm das Essen gegeben habe, wie dieser wahrheitsgemäß sagt, ist Bruno so eingeschüchtert, dass er seine Freundschaft zu Schmuel leugnet. Er schämt sich im Anschluss sofort für sein Verhalten.

Brunos Verrat an Schmuel

Erst nach einer Woche trifft er Schmuel wieder am Zaun, dessen Gesicht voller blauer Flecken ist. Aber auch in dieser Situation versteht Bruno nicht, dass Kotler für Schmuels Verletzungen verantwortlich sein muss. Bruno entschuldigt sich bei seinem Freund für das eigene Verhalten. Als Zeichen der Vergebung reicht ihm Schmuel unter dem Zaun hindurch zum ersten Mal die Hand.

Kapitel 16: Der Haarschnitt

Als Bruno mit seiner Familie für zwei Tage nach Berlin zur Beerdigung seiner Großmutter fährt, stellt er fest, dass er sich kaum mehr an seine Zeit in Berlin zurückerinnern kann und dass »Aus-Wisch« inzwischen sein neues Zuhause geworden ist. Fast ein Jahr nach dem Umzug fühlt er sich hier nun wohler – auch, weil Oberleutnant Kotler plötzlich versetzt worden ist.

Um mehr über die zwei Seiten des Zaunes zu erfahren, spricht er mit Gretel. Diese erklärt ihm, dass die Menschen auf der anderen Seite des Zaunes Juden seien, mit denen sie sich nicht vermischen dürf-

Die Juden und »das Gegenteil«

ten, denn: »Wir sind das Gegenteil« (S. 226 f.). Bruno realisiert: »Das Gegenteil und die Juden kommen nicht miteinander aus« (S. 228). Die beiden unterbrechen ihr Gespräch, als sie bemerken, dass sie Läuse haben. Brunos Vater rasiert seinem Sohn daraufhin die Haare ab. Als sich Schmuel und Bruno am nächsten Tag wiedertreffen, lachen sie über ihr ähnliches Aussehen.

Brunos Glatze

Kapitel 17: Mutter setzt sich durch

Geplante Rückkehr nach Berlin

Bruno hört Teile eines Gesprächs zwischen seinen Eltern, in dem es um eine mögliche Rückkehr nach Berlin geht. Seine Mutter ist zunehmend unzufrieden in »Aus-Wisch« und trinkt immer öfter »aus medizinischen Gründen einen Sherry« (S. 232). Schließlich werden Bruno und Gretel in Vaters Büro zitiert. In dem Gespräch wird klar, dass die Mutter mit den Kindern nach Berlin zurückkehren wird, während der Vater noch eine Weile in »Aus-Wisch« bleiben muss. »Bruno wusste nicht, ob er sich freuen oder traurig sein sollte« (S. 233).

Kapitel 18: Das letzte Abenteuer

Wo ist Schmuels Papa?

Bruno und Schmuel treffen sich erst drei Tage später wieder, da Schmuel zuvor nicht am Zaun erschien, und Bruno berichtet von seiner Abreise nach Berlin. Gleichzeitig erfährt er, dass Schmuels Vater verschwunden ist. Um wenigstens einmal miteinander gespielt zu haben und auch gemeinsam nach Schmuels Vater suchen zu können, schmieden die beiden Jungen einen Plan: Schmuel soll einen gestreiften ›Pyjama‹ besorgen, damit Bruno am nächsten Tag unbemerkt mit auf die andere Seite des Zaunes kommen kann. Beide halten dies für ein großes Abenteuer und »eine gute Möglichkeit, sich zu verabschieden« (S. 247).

■ Der Plan

Kapitel 19: Was am nächsten Tag geschah

Trotz Regen kommt Bruno am nächsten Tag zur verabredeten Zeit zum Zaun und zieht den gestreiften ›Pyjama‹ an, den Schmuel ihm mitgebracht hat. Nun ähnelt er den Jungen auf der anderen Seite des Zaunes: »Obwohl Bruno nicht annähernd so dünn war wie die Jungen auf seiner Seite des Zauns und auch längst nicht so blass, hätte man ihn kaum von ihnen unterscheiden können. Es war fast (dachte Schmuel), als wären sie alle gleich« (S. 253).

■ Die andere Seite des Zaunes

Bruno begleitet Schmuel ins Lager. Nichts von all dem, was er sich vorgestellt hat, entspricht der Realität: Er ist erschrocken über die Lagerverhältnisse, die Soldaten und die traurigen Menschen. Am liebsten würde er umkehren, doch möchte er sein Versprechen halten, Schmuels Vater zu suchen. Leider finden die Jungen diesen nicht, und kurz bevor Bruno zurück zum Zaun gehen will, geraten die beiden in ein unübersichtliches Gedränge. Mit anderen Häftlingen werden sie in ein Gebäude gebracht. Bruno weiß nicht, was geschieht: »Dann wurde es sehr dunkel im

■ Kein Zurück

Raum, und trotz des darauffolgenden Chaos merkte Bruno, dass er Schmuels Hand immer noch festhielt und ihn nichts auf der Welt dazu bewegen konnte, sie loszulassen« (S. 263).

Kapitel 20: Letztes Kapitel

Bruno kehrt nicht wieder heim. Gretel und ihre Mutter fahren einige Monate später nach Berlin zurück, während der Vater noch ein Jahr in »Aus-Wisch« bleibt. In Trauer um seinen Sohn erkundet er eines Tages den Zaun und findet die Stelle, an der Bruno seine Kleidung abgelegt hat und durch das Loch geschlüpft ist. Er ahnt, was mit Bruno passiert sein muss. Ein paar Monate später wird er von »anderen« Soldaten aus »Aus-Wisch« weggebracht (S. 266). Das weitere Schicksal der Familie bleibt offen. Der Roman endet mit den Sätzen: »Dies ist das Ende der Geschichte von Bruno und seiner Familie. Natürlich geschah dies alles vor langer Zeit, und etwas Ähnliches könnte nie wieder passieren. Nicht in diesen Tagen. Nicht in diesem Zeitalter« (S. 266).

■ Offenes Schicksal der Familie

3. Figuren

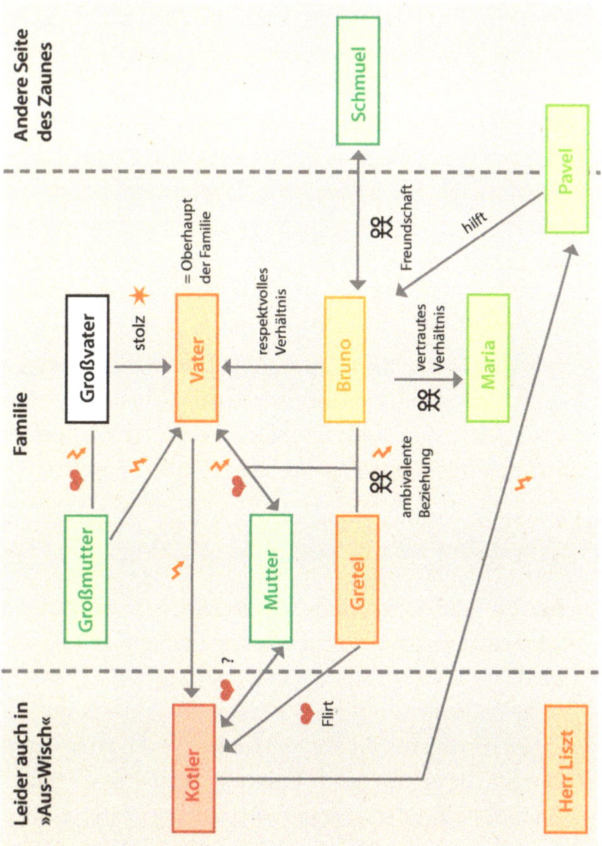

Abb. 2: Figurenkonstellation aus der Sicht Brunos
Grün = positive Wahrnehmung
Rot = negative Wahrnehmung
Orange = ambivalente Wahrnehmung
Weiß = neutrale Wahrnehmung

Charakterisierung aus Brunos Sicht

Die Frage nach der erzählerischen Vermittlung ist für die Charakterisierung der Figuren von zentraler Bedeutung, immer muss man sich nämlich klar werden, von wem die jeweilige Information zu der zu charakterisierenden Figur stammt. Man sollte hier stets im Kopf behalten: Da dem Leser die meisten Informationen aus Brunos Perspektive vermittelt werden, werden auch die anderen Figuren fast nur durch ihn charakterisiert. Viele Eigenschaften der Figuren werden im Text ausdrücklich benannt, weshalb man von einer expliziten Figurencharakterisierung spricht, die figural (also durch eine Figur, in unserem Fall Bruno) vorgenommen wird. Eine ›objektive‹ Charakterisierung der Figuren ist somit kaum möglich, da diese nur ganz selten aus einer übergeordneten oder aus einer anderen figuralen Perspektive präsentiert werden.

Hauptfiguren

Wohlbehütete Kindheit

Bruno: Der Protagonist des Romans ist Bruno, ein neunjähriger Junge. Bruno lebt wohlbehütet mit seiner Familie in Berlin. Er ist »nicht so groß […] wie die anderen Jungen in seiner Klasse« (S. 33), was ihn oft ärgert. Bruno hat drei beste Freunde: Karl, Daniel und Martin, die er in »Aus-Wisch« zunächst sehr vermisst. Zudem liebt er Abenteuer, weshalb er später einmal Forscher werden möchte (vgl. S. 107). Dementsprechend liest er schon jetzt gerne Abenteuerromane, wie *Die Schatzinsel*. Außerdem ist er sehr interessiert am Schulfach Kunst.

Bruno ist ein sensibler Junge, der immer versucht, höflich zu sein und die Manieren, die er von seiner Mutter gelernt hat, auch anzuwenden. So wurde ihm u. a. beigebracht, die Erwachsenen nicht zu unterbrechen, wenn sie sprechen, und immer ehrlich zu sein.

Neugierig, sensibel, aufrichtig

Bruno ist sich sicher, der »Liebling« (S. 12) seiner Mutter zu sein. Das Verhältnis zu seinem Vater ist gekennzeichnet durch Disziplin und Gehorsam. Er sieht seinen Vater als Autoritätsperson und empfindet »Angst und Ehrfurcht« (S. 57) zugleich. Der Vater spricht v. a. Verbote in der Familie aus. So ist es Bruno u. a. strengstens verboten, Vaters Büro zu betreten (»Zutritt jederzeit und ausnahmslos verboten«, S. 53). Der Vater ist jedoch nicht oft zu Hause und so hat Bruno deutlich mehr Kontakt zu seiner Mutter, die sich immer fürsorglich um ihn kümmert.

Verhältnis zu den Eltern

Zu seiner Schwester Gretel, die drei Jahre älter ist, hat er ein Verhältnis, wie es unter Geschwistern in diesem Alter nicht unüblich ist: Einerseits sieht er sie als »hoffnungslose[n] Fall« (S. 10) und die meiste Zeit ärgern sich die beiden gegenseitig. Gretel verbessert Bruno oft und gibt ihm das Gefühl, dass er noch viel zu jung sei. Bruno empfindet seine Schwester als »ichbezogen und gemein« (S. 99) und hat wenig Verständnis für ihr pubertäres Verhalten. Andererseits – da es in »Aus-Wisch« keine anderen Kinder zum Spielen gibt und sich Bruno oft sehr einsam fühlt und gelangweilt ist – sucht er ab und zu das Gespräch mit Gretel. Außerdem möchte er seine Schwester vor Oberleutnant Kotler beschützen.

Ambivalente Beziehung zu Gretel

Respektvoller Umgang mit Angestellten

Im Umgang mit den Hausangestellten zeigt sich Bruno unvoreingenommen und gutmütig. Bruno schätzt das Dienstmädchen Maria, die er sogar als Teil der Familie sieht (vgl. S. 75). So vertraut er sich dieser an und spricht mit ihr über das neue Zuhause und seine Unzufriedenheit. Auch mit Pavel spricht Bruno respektvoll. Oberleutnant Kotlers Umgang mit diesem schockiert Bruno sehr und verstößt gegen sein Gerechtigkeitsgefühl: »[E]r fand es aber ungerecht und falsch, dass niemand Oberleutnant Kotler in seiner Wut auf Pavel gebremst hatte« (S. 186). Bruno orientiert sich in seinem Umgang mit den Angestellten offenbar an den Wertmaßstäben seiner Mutter. Dies wird gleich zu Beginn des Romans deutlich gemacht: Bruno gibt dem Impuls nicht nach, Maria unhöflich zu behandeln, weil er sich über deren Herumwühlen in seinen Sachen ärgert, denn seine Mutter habe ihm verboten, den Vater nachzuahmen und böse zu den Bediensteten zu sein (vgl. S. 7). Während also Brunos Mutter als respektvoll auch gegenüber Bediensteten gekennzeichnet wird, erscheint sein Vater schon bei der ersten Erwähnung als wenig freundlich.

Geheime Freundschaft mit Schmuel

Bei seiner Lieblingsbeschäftigung – dem Forschen – kommt es zur ersten Begegnung zwischen Bruno und Schmuel, dem Jungen auf der anderen Seite des Zaunes. Von diesem Tag an treffen sich die beiden öfter und Bruno freut sich, endlich jemanden in seinem Alter gefunden zu haben. Schmuel und Bruno freunden sich an und erfahren, dass sie am gleichen Tag geboren sind, nämlich am 15. April 1934. »Wir sind wie Zwillinge« (S. 138), stellen sie fest. Obwohl sie in völlig unterschiedlichen Welten leben, erzählen sie sich viel. Die Begegnung mit Schmuel gibt Brunos Leben wieder einen Sinn. Er fühlt sich nicht mehr so allein und hat jeden Nachmittag eine Aufgabe. Auch die Tatsache, dass die Freundschaft sein Geheimnis ist (es ist »seine Entdeckung«, S. 133) und er mit niemandem darüber spricht, macht sie für ihn besonders reizvoll.

Brunos Unverständnis

Bruno, der sonst ein kluger und sensibler Junge ist, erkennt jedoch trotz der Freundschaft nicht das große Leid des jüdischen Jungen. Zwar fragt er immer wieder nach, warum so viele Menschen auf der anderen Zaunseite leben und warum Schmuel so dünn ist, aber Bruno zieht aus den Antworten keine Schlüsse oder stellt an vielen Stellen die falschen Fragen – nicht nur Schmuel gegenüber.

Ichbezogenheit und Naivität

Bruno wirkt erheblich kindlicher und unreifer als der gleichaltrige Schmuel. Seine Fähigkeit, sich in andere hineinzuversetzen (Empathiefähigkeit), ist offenbar stark eingeschränkt und die kindliche Ichbezogenheit sehr ausgeprägt. So isst er beispielsweise bei einem Treffen bereits auf dem Weg zum Zaun den Schokoladenkuchen, den er eigentlich für Schmuel mitgebracht hatte.

Verrat aus Angst

Als Schmuel vor dem Geburtstag von Brunos Vater zum Gläserpolieren abkommandiert wird und in der Küche etwas zu essen bekommt, leugnet Bruno aus Angst die Freundschaft zu Schmuel. Er verrät damit seinen Freund, der anschließend offensichtlich von Kotler geschlagen wird. Doch auch dieser Zusammenhang und die Folgen seines Verhaltens sind Bruno nicht klar. Brunos Kenntnisstand über die nationalsozialistische Wirklichkeit erweitert sich im Laufe des Romans offenbar kaum, auch wenn seine Fähigkeit zur Empathie zunimmt.

Frei von Ideologie

Die Figur erscheint insgesamt als äußerst naiv und kindlich, sie wirkt deshalb auf den Leser aber auch als extrem unverdorben – als eine Figur, die keinen Hass und keine Ideologie kennt. Durch sein instinktives Gerechtigkeitsgefühl sowie seine Unvoreingenommenheit fällt es Bruno schwer, die Unterschiede zwischen den Menschen in seiner Umgebung zu sehen und so auch die Zusammenhänge in »Aus-Wisch« zu verstehen. Er bewertet Personen nicht aufgrund ihres Ranges oder ihrer Herkunft, sondern in Bezug darauf, ob sie sich ihm (und seinen Freunden) gegenüber anständig verhalten.

Schmuel, der Junge im gestreiften ›Pyjama‹: Schmuel ist ein jüdischer Junge und wie Bruno neun Jahre alt. Die Figur erscheint erst in der zweiten Hälfte des Romans (Kapitel 10) und wird dem Leser – wie auch die anderen Figuren – vornehmlich aus Brunos Sicht präsentiert; gelegentlich lässt die personale Erzählinstanz den Leser aber auch in Schmuels Innenleben blicken (vgl. z. B. S. 242, 247 oder S. 253).

Schmuels Vorgeschichte

Schmuel spricht polnisch und deutsch und hat am selben Tag Geburtstag wie Bruno. Seine Familie kommt aus Polen und gemeinsam mit seinen Eltern, seinem Bruder und Großvater wurde er nach »Aus-

Abb. 3: Überlebende Kinder im realen Stammlager Auschwitz. Standbild aus der filmischen Dokumentation von Alexander Voronzow. – Quelle: United States Holocaust Memorial Museum

Wisch« deportiert. Während sein Vater ein Uhrengeschäft hatte, arbeitete seine Mutter als Lehrerin und spricht viele Sprachen. Noch vor der Deportation nach »Aus-Wisch« lebte die Familie auf engstem Raum im jüdischen Getto in Krakau (vgl. S. 158). Schmuel vertraut Bruno an, dass er in einem Zoo arbeiten möchte, wenn er erwachsen ist.

Vom Lager gezeichnet

Schmuel trägt wie alle Häftlinge die gestreifte Sträflingskleidung sowie über dem Ellbogen eine »Armbinde mit einem Stern« (S. 134) und hat einen kahl geschorenen Kopf. Er ist abgemagert und hat –

offenbar aufgrund des Nahrungsmangels – einen grauen Hautton. Schmuel ist immer sehr hungrig und bittet Bruno um etwas zu essen. Außerdem wirkt er sehr traurig und oft in Gedanken versunken (vgl. S. 134). Er erzählt Bruno nur indirekt von den Geschehnissen auf seiner Seite des Zaunes, doch ist er sichtlich durch das Leben dort geprägt.

■ Verständnisvoll und anspruchslos

Schmuel ist ein ruhiger und aufrichtiger Freund, der wenige Ansprüche stellt. Um etwas Abstand zu den anderen Häftlingen zu bekommen, sitzt er oft im Schneidersitz am Zaun, weshalb die beiden Jungen dort aufeinandertreffen können. Seine verständnisvolle Art, die weder Frust noch Wut vermittelt, ist für den Leser kaum zu ertragen. Selbst als Bruno seine Freundschaft zu Schmuel vor Oberleutnant Kotler leugnet, der den Jungen daraufhin vermutlich verprügelt, verzeiht Schmuel Bruno und ist ihm gegenüber nicht nachtragend.

Obwohl er weiß, dass Brunos Vater der Kommandant von Auschwitz ist, stellt er ihn damit nicht bloß, sondern äußert nur, dass es keine guten Soldaten gebe (vgl. S. 174). Er erhält die naive und heile Welt von Bruno damit aufrecht. Schmuel kann nicht verstehen, wie ein so schlimmer Mann wie der Kommandant einen so einfühlsamen Sohn haben kann (vgl. S. 242).

■ Kein Kind mehr

Im Vergleich zu Bruno wirkt Schmuel reifer und erwachsener, da ihm die Kindheit im Lager genommen wurde. Er scheint allerdings auch nicht zu wissen, was mit den Menschen geschieht, die aus dem Lager verschwinden.

Als Schmuels Vater verschwindet, ist der Junge zutiefst traurig und bittet Bruno, nachdem er von dessen bevorstehender Abreise nach Berlin erfahren hat, auf die andere Seite des Zaunes zu kommen. Es ist die erste Situation, in der sich Schmuel eigennützig verhält, denn zuvor hatte er Bruno, der ihn schon öfter gerne auf der anderen Seite zum Spielen besucht hätte, immer davor bewahrt.

Einmaliger, tödlicher Eigennutz

Am Tag vor Brunos Abreise wechselt dieser die Zaunseite, und noch bevor sie die gefährliche Situation wirklich begreifen, werden die Freunde gemeinsam in den Tod geschickt.

Gretel: Gretel ist Brunos Schwester und drei Jahre älter als er. Sie trägt »goldgelbe[] Zöpfe« (S. 40) und »g[i]lt als eines der klügsten Mädchen in ihrer Klasse« (S. 45). Sie liebt Puppen und hat eine ganze Sammlung in ihrem Zimmer. Außerdem hat Gretel in Berlin einige Freundinnen, die sie in »Aus-Wisch« sehr vermisst. Für Bruno ist sie »ein hoffnungsloser Fall« (S. 18), der »immer nur Ärger« (S. 31) einbringt. Er fürchtet sich sogar ein bisschen vor Gretel (vgl. S. 31).

Gretel zieht sich oft in ›Scheinwelten‹ zurück. Als sie das Lager von Brunos Fenster aus sieht, flüchtet sie nach kurzer Zeit in ihr Zimmer zu ihren Puppen und möchte sich mit dem Gesehenen nicht auseinandersetzen. Die Puppen bieten ihr einen Rückzug in die kindliche ›heile Welt‹ (vgl. S. 51 f.).

Rückzug in Scheinwelten

Im Verlaufe der Erzählung verändert sich Gretels Verhalten und sie kommt in eine vorpubertäre Phase,

Umbruchphase

in der sie nicht mehr länger mit ihren Puppen spielt, sondern eher mit Oberleutnant Kotler flirtet. Gretels Figur steht somit in einer Umbruchphase zwischen Kindheit und Pubertät. Während dieser Phase lässt sich Gretel scheinbar leicht vom nationalsozialistischen Gedankengut beeinflussen, das ihr insbesondere der Vater, Kotler und Herr Liszt vermitteln. Bei ihnen buhlt sie um Anerkennung. So zeigt sie wenig Empathie gegenüber den Menschen im Lager und spricht vor Bruno von ihnen als »das Gegenteil« (S. 227) von sich. Sie stellt den Hass gegenüber Juden in keiner Weise infrage. Auch sieht sie Maria bloß als Dienstmädchen an und zeigt ihr gegenüber nicht nur wenig Respekt, sondern behandelt sie auch von oben herab (vgl. S. 82). Lediglich bei dem Gewaltausbruch von Kotler gegenüber Pavel merkt auch Gretel, dass etwas nicht stimmt, doch zieht sie hieraus keine Konsequenz oder fragt nach – und das obwohl sie ein intelligentes Mädchen ist. Ihr Verhalten kann in vielen Situationen als ignorant und ichbezogen eingeschätzt werden.

■ Anfällig für Ideologie

Gretel ist insgesamt ein Mädchen, das gehorsam ist und es vermeidet, die ihr übergeordneten Autoritäten und Ideologien infrage zu stellen. Bruno und sie haben nur wenige Gemeinsamkeiten und wenn sie sich unterhalten, dann streiten sie meist. Gretel lässt Bruno in vielen Situationen spüren, dass sie die Ältere ist und er der kleine, unwissende Bruder. Sie fühlt sich in »Aus-Wisch« aber ebenso unwohl wie Bruno, nimmt die Situation jedoch schneller an und zieht sich zu-

■ Ignorant und unkritisch

nächst zurück, bevor sie Kotlers Nähe sucht. Nachdem dieser »Aus-Wisch« verlassen hat, will sie nicht länger mit ihren Puppen spielen und hängt stattdessen eine Europakarte an ihre Zimmerwand, auf die sie Nadeln steckt, deren Position sie täglich, gemäß der Entwicklung an der Front, verändert (vgl. S. 223 f.).

Man darf aus all dem schließen, dass Gretel grundsätzlich die nationalsozialistische Ideologie nicht ablehnt, sie durchaus über vieles informiert und sich der Situation in »Aus-Wisch« einigermaßen bewusst ist, wenngleich auch sie den vollen Umfang des Verbrechens nicht zu verstehen scheint. Was die Gründe für ihre nationalsozialistische Ausrichtung sind, bleibt durch die eingeschränkte Erzählperspektive Brunos offen (vgl. dazu auch das Kapitel »Interpretationsansätze«).

Überzeugte Nationalsozialistin?

Vater: Der Vater ist das Familienoberhaupt und eine ernste, emotional eher distanzierte und furchteinflößende Figur. Das wird auch durch seine Bezeichnung als »Vater« (S. 7) klar, mit der ihn seine Kinder anreden und die deutlich in Kontrast zu Schmuels Anrede »Papa« (S. 156) steht. Brunos Vater trägt dichtes schwarzes Haar und achtet immer auf sein äußeres Erscheinungsbild, das besonders durch seine »frisch gebügelte Uniform« (S. 57) zur Geltung kommt. Sein Vorname ist Ralf (vgl. S. 115).

Der Vater ist »ein Mann, auf den man ein Auge haben musste« und mit dem der »Furor« noch »Großes vorhatte« (S. 10). Er ist sehr ehrgeizig und stolz und

Vertrauter des »Furors«

steht in persönlichem Austausch mit dem »Furor«. Außerdem bezeichnet er sich selbst als »Patriot[en]« (S. 119). Diese Informationen legen die Vermutung nahe, dass der Vater ein hochrangiges SS-Mitglied mit weitreichender Befehlsgewalt sein muss (vgl. hierzu Kapitel 6). Bruno weiß nicht sehr viel über die Arbeit seines Vaters: »Als sie Bruno fragten, was sein Vater mache, wollte er zu einer Antwort ansetzen, aber dann wurde ihm klar, dass er es gar nicht wusste. Er konnte nur sagen, dass [...] er [...] eine phantastische Uniform trug« (S. 11).

- Ehrgeiziger Soldat und KZ-Kommandant

Nach seiner Beförderung zum Kommandanten muss der Vater mit seiner Familie nach »Aus-Wisch« ziehen. Er genießt ein hohes Ansehen bei den Soldaten, die um seine »Aufmerksamkeit [...] buhlen« (S. 57). Das ändert sich erst am Ende des Romans.

- Gefühlskaltes Familienoberhaupt

Der Vater trifft alle Entscheidungen für die Familie. Zwar ist ihm diese nach außen hin sehr wichtig, doch er kümmert sich kaum um die Gefühle und Empfindungen seiner Frau und der Kinder. Höchste Priorität hat seine Arbeit und dabei bleiben Empathie und Menschlichkeit auf der Strecke. Bruno empfindet »Angst und Ehrfurcht« (S. 57) vor dem Vater. Er weiß zwar nicht, welche Rolle sein Vater in »Aus-Wisch« wirklich einnimmt, doch gilt auch für ihn, ihm bedingungslos zu gehorchen.

Die mitunter brutale Entschlossenheit von Brunos Vater zeigt sich erneut, als er Oberleutnant Kotler kurzerhand versetzen lässt – vermutlich weil dessen Vater aus Deutschland in die Schweiz geflohen ist und

Brunos Vater zudem Kotlers Nähe zu seiner Frau nicht genehm war.

Doch es gibt offenbar noch eine andere Seite an ihm: In der Vergangenheit half er einer Freundin seiner Mutter und nahm deren Tochter – Maria, das Dienstmädchen der Familie – auf. Hier wird eine gewisse Großzügigkeit ersichtlich, die nicht zu seinem Verhalten in vielen anderen Situationen passt. Auch gesteht er sich (und seiner Frau) schließlich nach einem Jahr ein, dass »Aus-Wisch« »kein Ort für Kinder« (S. 237) sei und stellt seiner Familie frei, nach Berlin zurückzukehren.

Andere, mensch-liche Seite

Nach Brunos Verschwinden zeigt der Vater eine emotionale Seite: »Jeden Abend schlief er in Gedanken an Bruno ein und wachte jeden Morgen in Gedanken an ihn auf« (S. 265). Er bleibt noch über ein Jahr ohne seine Familie in »Aus-Wisch«, wo er seine Arbeit zunehmend schlechter macht, bis er den Ort schließlich verlassen muss: Es »kamen andere Soldaten […] und befahlen ihm, sie zu begleiten« (S. 266).

Mutter: Brunos und Gretels Mutter ist eine fürsorgliche Frau, die stets versucht, eine gute Ehefrau zu sein. Sie ist nicht berufstätig und kümmert sich um den Haushalt und die Erziehung ihrer Kinder. Bruno beschreibt sie als »eine große Frau mit langen roten Haaren« (S. 8). Oft wirkt sie unsicher und zieht bei Auseinandersetzungen mit ihrem Mann meist den Kürzeren. Obwohl sie auch nicht begeistert ist, Berlin zu verlassen und an einen Ort wie »Aus-Wisch« zu

Ordnet sich ihrem Mann unter

ziehen, verhält sie sich ihrem Mann und seiner Arbeit gegenüber in letzter Konsequenz loyal. Sie ordnet sich der Situation unter und gibt Entscheidungen an ihren Mann ab: »Ein gewisser Jemand trifft alle Entscheidungen für uns« (S. 22).

Harmoniebedürftig

Die Mutter ist stets bemüht, Harmonie in der Familie herzustellen und versucht, im Streit zwischen der Großmutter und ihrem Mann zu schlichten (vgl. S. 117). Obwohl sie nach Einigkeit strebt, stimmt sie in einigen Situationen nicht mit den Vorstellungen ihres Mannes überein, denn sie deckt z. B. Pavel, nachdem er Bruno verarztet hat (vgl. S. 109). Auch fordert sie von Bruno Respekt für Maria ein (vgl. S. 7).

Inniges Verhältnis zu Kotler

Im Laufe der Zeit entwickelt die Mutter ein immer innigeres Verhältnis zu Oberleutnant Kotler, der im Haus ein und aus geht und der oft mehr Zeit mit der Familie verbringt als der Vater. Sie spricht ihn mit seinem Vornamen »Kurt« an und auch mit »mein Teurer« (S. 205), während sie ihren Mann meist nicht beim Namen nennt, sondern ihn mit »ein gewisser Jemand« (S. 22) umschreibt. Die Mutter ist sehr unglücklich mit der Situation in »Aus-Wisch«, und so sucht sie Zuspruch bei Kotler.

Depressionen

Nachdem Kotler jedoch versetzt wird, wächst ihre Unzufriedenheit und sie trinkt immer häufiger einen Sherry »aus medizinischen Gründen« (S. 232). Mittags zieht sie sich zum Schlafen auf ihr Zimmer zurück (vgl. S. 233 f.). Es entsteht der Eindruck, dass Brunos Mutter unter Depressionen leidet. Letztlich verlangt sie von ihrem Mann, dass sie mit den Kindern wieder nach Berlin in ihr altes Zuhause ziehen darf. Nach Brunos Verschwinden hofft sie darauf, dass auch dieser irgendwie dorthin zurückgekehrt ist, was natürlich nicht zutrifft. Sie verlässt gemeinsam mit Gretel »Aus-Wisch«.

Oberleutnant Kurt Kotler: Kotler ist ein junger Soldat im Alter von 19 Jahren, der in seiner Uniform als »sehr elegant« (S. 92) beschrieben wird. Er repräsentiert offenbar aus nationalsozialistischer Sicht das ›Idealbild‹ eines (SS-)Soldaten. Er wirkt immer ernst, hat »strohblonde[] Haare« (S. 92) und trägt schwarze Stiefel. »Außerdem trug er so viel Kölnischwasser, dass man ihn schon aus einiger Entfernung riechen konnte« (S. 92).

■ ›Idealbild‹ eines Soldaten

Kotler ist der Adjutant des Lagerkommandanten und unterstützt zusätzlich die Familie. Er geht im Haus ein und aus und wird von Gretel und Mutter umschwärmt. Gretel, die zwölf Jahre alt ist, befindet sich als Teenager in der Vor-Pubertät und flirtet mit Kotler. Sein Verhältnis zu Brunos Mutter wird im Roman nie ganz aufgelöst. So erfährt der Leser nicht, ob sich die beiden einfach nur gut verstehen oder ob sie eine Affäre haben.

■ Schwarm von Gretel und der Mutter

Kotler agiert gegenüber den Häftlingen in »Aus-Wisch« skrupellos und brutal. Gemäß der nationalsozialistischen Ideologie sieht er Juden offenbar als eine minderwertige ›Rasse‹ und lässt keine Situation aus, in der er sie quälen und respektlos behandeln kann. Pavel, den Diener des Hauses, schikaniert er be-

■ Skrupellos und brutal

sonders. Bei einem Abendessen wird er ihm gegenüber sogar gewalttätig; es bleibt offen, ob Pavel dabei von ihm getötet wird. Auch bei Schmuel, der eines Tages in der Küche des Kommandanten helfen soll, zeigt sich seine Gewaltbereitschaft und der Hass gegenüber Juden.

Seine Brutalität kommt auch in einer anderen Szene zum Ausdruck: Weil sich ein Hund dem Zaun genähert hat und bellt, erschießt Kotler ihn gnadenlos (vgl. S. 202).

■ Schikaniert Bruno

Bruno kann Oberleutnant Kotler vom ersten Tag an nicht leiden. Dieser spricht ihn immer herablassend mit »kleiner Mann« (S. 93) an, was Bruno nicht gefällt. Bruno findet ihn nicht nur deswegen überheblich, es stört ihn auch, dass Kotler sich im Haus so verhält, als wäre es auch sein Zuhause. Kotler schikaniert Bruno, zum Beispiel indem er ihm in einer Situation sein Buch aus der Hand reißt, ohne vorher zu fragen (vgl. S. 203).

■ Kotlers Versetzung

Als der Kommandant erfährt, dass Kotlers Vater – ein Literaturprofessor – nach der Machtübernahme Deutschland verlassen hat, wird Kotler wenige Zeit später versetzt, obwohl er seine Treue und Loyalität zum Vaterland immer wieder beteuert hat. Der Leser erfährt nicht, ob die mögliche Affäre mit Brunos Mutter auch ein weiterer Grund für seine Versetzung gewesen ist.

■ Repräsentant des Bösen

Die Figur Kotler repräsentiert im Roman das Böse; man kann ihm als Leser kaum bis gar keine Sympathie entgegenbringen, da er ausschließlich negative Charaktereigenschaften zeigt. Er selbst gerät nur im Zusammenspiel mit Brunos Vater, der ihm hierarchisch überlegen ist, in die Position des Opfers: So zum Beispiel, als ihn der Kommandant während des Abendessens über seinen Vater ausfragt und damit in die Bredouille bringt. Doch auch da reagiert Kotler äußerst skrupellos, indem er seine Wut an Pavel auslässt und so seine Position auf Kosten eines körperlich und seelisch sehr schwachen Menschen zurückzugewinnen versucht. Damit fällt es (eventuell zu) leicht, Kotler als Täter und als das absolut Böse und Unmenschliche zu verstehen. Anders ist dies bei der Täterfigur des Vaters, die an einigen Stellen in der Erzählung – wie beschrieben – menschliche Züge erhält.

Nebenfiguren

Großmutter: Brunos Großmutter, die mit Vornamen Nathalie heißt, ist zwar 62 Jahre alt, »wirkte [aber für Bruno] nie alt«. Sie hat »langes rotes Haar« und »grüne Augen« (S. 111).

Die Großmutter trat früher als Sängerin bei Konzerten auf und liebt es deshalb, bei Familienfeiern Lieder darzubieten und für Bruno und Gretel Theaterstücke vorzubereiten, bei denen sie sich verkleiden dürfen. Als Künstlerin zeigt sie dem NS-Regime gegenüber Verachtung. Sie ist eine klassische Vertreterin der ›Goldenen Zwanzigerjahre‹.

Künstlerin

Die Großmutter ist eine selbstbewusste und starke Frau, die sich weder ihrem Ehemann unterordnet, noch einen Streit mit der Familie scheut, um die Wahrheit zu sagen. So ist sie die einzige Person in der Familie, die sich offen gegen den Nationalsozialismus stellt und von der neuen Arbeit ihres Sohnes nichts hält, sondern sich sogar für ihn schämt. Allerdings gibt sie sich selbst die Schuld dafür, dass ihr eigener Sohn sich »wie eine Marionette« anzieht, um dann »schreckliche, schmutzige Dinge« zu erledigen (S. 115 und 118). Dennoch schafft die Großmutter es nicht, auf ihn einzuwirken, und so endet ein Weihnachtstag im Streit und die Großmutter verlässt das Haus.

■ Gegnerin des Nationalsozialismus

Bruno und seine Großmutter haben ein sehr vertrauensvolles Verhältnis. Er erinnert sich gerne an die Abende bei seinen Großeltern zurück, an denen die Großmutter Lieder sang und die Kinder verkleidet kleine Theaterstücke vorspielten. In »Aus-Wisch« vermisst Bruno seine Großmutter, von der er sich nicht einmal verabschieden konnte. So kommt es, dass er ihr eines Tages einen Brief schreibt. Sie verstirbt, während Bruno und seine Familie in »Aus-Wisch« sind.

■ Enges Verhältnis zu Bruno

Großvater: Brunos Großvater, dessen Vorname Matthias ist, lebt gemeinsam mit seiner Frau in Berlin und ist 73 Jahre alt. Er besaß früher ein Restaurant in der Stadtmitte, welches er heute als Gast immer noch regelmäßig besucht.

Der Großvater ist sehr stolz auf seinen Sohn und dessen Arbeit als Kommandant. Sein Weltbild ist geprägt von seiner Liebe zum Vaterland:

■ Liebe zum Vaterland

> »Ich bin so stolz, dass man dir eine so verantwortungsvolle Position anvertraut. Du hilfst deinem Land, seinen Stolz zurückzugewinnen, nachdem man ihm dieses große Unrecht zugefügt hat.« (S. 116 f.)

Mit dem »Unrecht« verweist er auf die Niederlage im Ersten Weltkrieg und die von ihm offenbar als Schmach empfundenen Konsequenzen für Deutschland durch den Versailler Vertrag.

Der »Furor«: Zu Beginn erfährt der Leser nur einige wenige Informationen aus Brunos Perspektive zu der Figur. Ihr Name resultiert daraus, dass Bruno die eigentliche Bezeichnung »Führer« missversteht (vgl. dazu das Kapitel »Interpretationsansätze«). Der »Furor« ist ein wichtiger Mann, der mit dem Vater angeblich noch ›Großes‹ vorhat und der verantwortlich dafür ist, dass die Familie nach »Aus-Wisch« ziehen muss. Sein Besuch wird später rückblickend (retrospektiv) dargestellt.

Die Machtposition des »Furors« wird deutlich, wenn man erfährt, welche Vorkehrungen für das Abendessen getroffen wurden:

■ Machtposition

> »Wir sollten uns also etwas Besonderes zum Essen einfallen lassen.« (S. 146)
> »Das Haus musste von oben bis unten auf den Kopf gestellt werden.« (S. 147)
> »Ihr wisst, dass heute ein ganz besonderer Abend vor uns liegt, nicht wahr?« (S. 148)

Der »Furor« wird als »ein ziemlich kleiner Mann« (S. 150) beschrieben, der dunkles, kurzes Haar und einen kleinen Schnurrbart hat, »so klein, dass Bruno sich fragte, warum er ihn überhaupt stehen ließ oder ob er beim Rasieren nur ein Stück vergessen hatte« (S. 151). Bruno mag den »Furor« nicht besonders, da er Witze macht, über die keiner lachen kann. Seine Frau Eva hingegen ist deutlich größer und wird von Bruno als sehr hübsch und sympathisch beschrieben (vgl. S. 150 f.).

Brunos Abneigung

Herr Liszt, der Lehrer: Herr Liszt ist der neue Hauslehrer, der Bruno und Gretel vormittags unterrichtet, da sie in »Aus-Wisch« keine Schule besuchen.

> »Herr Liszt war Bruno ein Rätsel. Obwohl er meistens sehr freundlich war und nie die Hand gegen ihn hob wie sein alter Lehrer in Berlin, lag etwas in seinem Blick, was Bruno als Ärger deutete.« (S. 123)

Überzeugter Nationalsozialist

Herr Liszt ist ein überzeugter Nationalsozialist, der die Fächer Geschichte und Erdkunde bevorzugt, während Bruno eher Lesen und Kunst mag. »Bücher über Dinge, die in der Welt zählen, sind durchaus wichtig […], [a]ber keine Märchenbücher« (S. 124), lässt Herr Liszt ihn wissen.[4]

4 Dies könnte man auch als Kommentar eines Nationalsozialisten zum Roman *Der Junge im gestreiften Pyjama* verstehen, der sich ja selbst als Fabel bzw. Märchenbuch zu erkennen gibt. Umgekehrt kann man dann sagen, dass solche Bücher

Maria, das Dienstmädchen: Maria ist das Dienstmädchen der Familie, seit Bruno drei Jahre alt ist. Sie ist hübsch und eher zurückhaltend. Sie bleibt meist im Hintergrund und verrichtet ihre Arbeit sehr gewissenhaft und sorgfältig. Sie putzt das Haus, macht die Wäsche und kocht.

Marias Mutter arbeitete früher als Garderobiere für Brunos Großmutter. Deren Sohn – Brunos Vater – kümmerte sich nach dem Tod von Marias Mutter um Maria, gab ihr eine Stelle als Dienstmädchen und übernahm sämtliche Kosten für die Beerdigung der Mutter. Seit dem Tag steht Maria in seiner Schuld und ist dankbar für das, was er für ihre Familie getan hat. In einem Gespräch nach der Ankunft in »Aus-Wisch« nimmt Maria den Vater vor Bruno in Schutz. Er sei ein guter Mann, der für alle sorgen würde (vgl. S. 77). Zugleich kann sie nicht verstehen, wieso Brunos Vater einen solchen Weg geht: »Im Grunde hat er ein gutes Herz, wirklich, und deshalb wundert es mich …« (S. 81). Doch diesen Satz spricht Maria nicht zu Ende.

■ Zu Dank verpflichtet

Maria wird im Verlauf der Erzählung zunehmend zu einer Vertrauten von Bruno, mit der er sich unterhält, wenn sonst mal wieder niemand da ist. Bruno stellt Maria viele Fragen, doch meist versucht sie, diesen auszuweichen und erledigt weiter sorgfältig und gewissenhaft ihre Arbeit. Bruno erkennt Maria als ein

■ Vertraute Brunos

für Nicht-Nationalsozialisten sehr wichtig sind, weil sie ihnen helfen, die Welt besser zu verstehen, was Nationalsozialisten nach Liszt offenbar nicht brauchen, denn sie müssen ›nur‹ an ihre Ideologie glauben.

Familienmitglied an, wenngleich sein Vater der Meinung ist, sie sei ein »überbezahlte[s] Dienstmädchen« (S. 72). Auch Gretel behandelt sie, im Gegensatz zu Bruno, als eine Bedienstete (vgl. S. 82).

Loyal und schicksalsergeben

Der Familie gegenüber ist Maria immer loyal und dankbar, auch wenn sie sich in »Aus-Wisch« fürchtet: »Wir müssen alle dafür sorgen, dass uns nichts zustößt, bis das alles vorbei ist« (S. 84). Sie fügt sich der Situation, in der die Familie lebt: »Es liegt nicht in unserer Hand, Dinge zu ändern« (S. 85).

Als Bruno sie eines Tages auf Pavel und seine Tätigkeit als Arzt anspricht, erzählt sie ihm allerdings seine komplette Geschichte unter der Voraussetzung, dass Bruno niemandem davon berichten darf.

Entwicklungshelferin

Maria spielt damit eine zentrale Rolle für Brunos Entwicklung. Sie wird für ihn zu einer wichtigen Vertrauten, mit der er zum Teil mehr spricht als mit seiner Mutter.

Pavel, der Häftling und Diener: Pavel ist ein jüdischer Häftling in »Aus-Wisch« und Diener der Familie. Er ist »ein alter Mann, der [...] jeden Tag das Gemüse putzte und [...] das Essen servierte« (S. 22). Pavel ist »ziemlich klein, auch sehr dünn, mit langen Fingern und kantigen Zügen« (S. 106). Bruno schätzt ihn älter als seinen Vater ein, aber jünger als Großvater.

Pavel ist »leise und freundlich« (S. 103) und sieht immer sehr unglücklich aus, doch er erledigt seine Arbeit gewissenhaft und ohne Widerworte. Er folgt den

Befehlen und wirkt eingeschüchtert und in sich zurückgezogen.

Ehemaliger Arzt

Vor seiner Haft in »Aus-Wisch« war Pavel Arzt und hatte eine eigene Praxis in Krakau (vgl. S. 107). Als Bruno von der Schaukel fällt und sich am Knie verletzt, kommt Pavel sofort zur Hilfe und verarztet ihn.

Menschlich und selbstlos

Pavel zeigt sich somit als enorm hilfsbereit und selbstlos, da er es riskiert, für diese Tat bestraft zu werden. Er hat, trotz der Bedingungen in »Aus-Wisch«, noch eine menschliche und fürsorgliche Seite, denn obwohl Bruno der Sohn des Feindes ist, hilft er ihm und die beiden kommen ins Gespräch. Pavel zeigt sich als intelligenter Mann, der in »Aus-Wisch« jegliches Ansehen verloren hat.

Eines Abends verschüttet er den Wein und wird daraufhin brutal von Oberleutnant Kotler misshandelt. Es bleibt unklar, ob er dies überlebt.

4. Form und literarische Technik

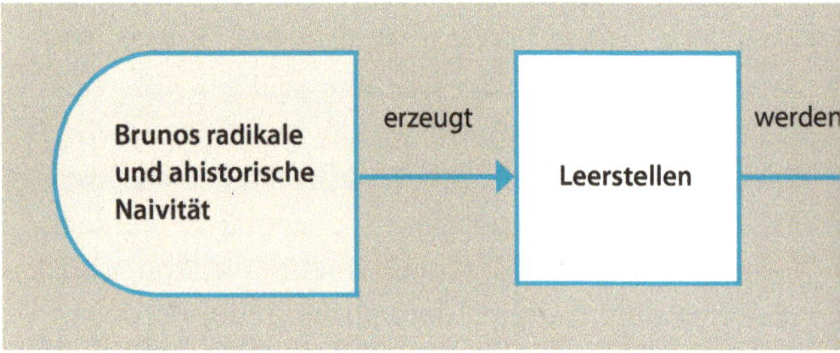

Abb. 4: Graphik: Fiktionale Darstellung des Holocaust in *Der Junge im gestreiften Pyjama*

Der Junge im gestreiften Pyjama ist eine **fiktionale Erzählung**, die nicht den Anspruch erhebt, eine tatsächliche Geschichte zu erzählen. Deutlich wird dies schon beim Untertitel, der zu den sogenannten Paratexten gehört, d. h. zu den Elementen, die nicht Teil des Haupttextes sind, ihn aber begleiten.[5] Die dort verwendete Gattungsbezeichnung »Eine Fabel« macht den erfundenen Charakter der Geschichte deutlich und verweist auch auf eine moralische Botschaft der Erzählung. Nach dem deutschen Dichter Gotthold Ephraim Lessing (1729–1781) soll eine **Fabel** nämlich einen allgemeinen moralischen Lehrsatz auf einen be-

■ Gattung: Fabel

5 Zur Bedeutung der Paratexte für den vorliegenden Roman vgl. die Interpretationsansätze in Kapitel 6.

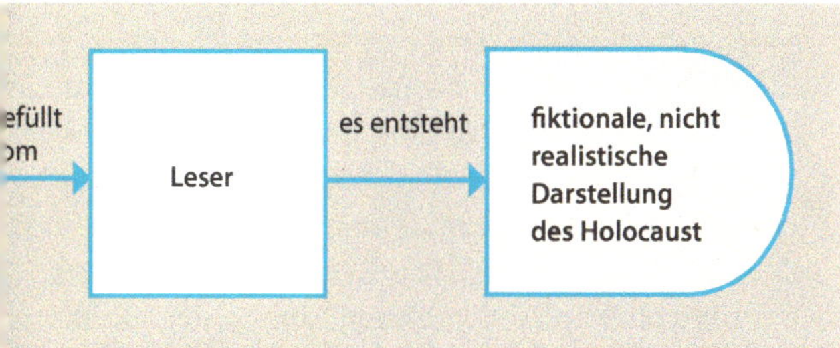

sonderen Fall zurückführen und diesen dann in Form einer Geschichte darstellen.[6]

Mit dem Hinweis, dass es sich bei der vorliegenden Erzählung um eine Fabel handelt, erkennt der Leser also schon vor Beginn der eigentlichen Lektüre, dass es sich nicht um einen historischen Roman handelt, sondern vielmehr um eine **symbolische Erzählung**.

■ Symbolische Erzählung

Die Geschichte von John Boyne spielt – ohne dies explizit zu benennen – in der Zeit des Nationalsozialismus an den Orten Berlin und »Aus-Wisch«, mit dem der Leser offensichtlich das Konzentrations- und Vernichtungslager Auschwitz-Birkenau assozi-

■ Zeit und Ort der Handlung

6 Vgl. dazu G. E. Lessing, *Abhandlung über die Fabel* (Erstveröffentlichung: 1759). (Online einsehbar unter: http://gutenberg.spiegel.de/buch/abhandlungen-uber-die-fabel-1168/2.)

ieren soll. Die Erzählung umfasst einen Zeitraum von über einem Jahr – bzw. zwei Jahren, wenn man das letzte Kapitel miteinschließt, in dem der Fortgang der Geschichte nach Brunos Verschwinden erzählt wird. Da die Zeitspanne, die man braucht, um diese Geschichte zu erzählen, deutlich kürzer als ein Jahr ist, nennt man dies **summarisches bzw. zeitraffendes Erzählen**. Indem das Geschehen im Präteritum vermittelt wird, handelt es sich zudem um **rückblickendes Erzählen**. Zum Zeitpunkt des Erzählens, der sich nicht genau bestimmen lässt, ist die Geschichte also schon geschehen.

■ Kapitelüberschriften

Der Roman ist in 20 Kapitel unterteilt. Jedes der Kapitel trägt einen Titel, der grob auf einen zentralen Aspekt des nachfolgenden Inhalts verweist. Bereits an diesen Kapitelüberschriften erkennt der Leser, dass aus einer kindlichen Sicht erzählt wird, denn diese sind sehr einfach formuliert und lassen noch nicht wirklich erahnen, welche Wendung die Geschichte nimmt.

■ medias in res

Der eigentliche Erzähltext[7] beginnt **medias in res** (lat. für ›mitten in die Sache‹), d. h. ohne jede Einleitung. Schon in der Überschrift zu diesem ersten Kapitel begegnet uns mit Bruno aber der eigentliche Prot-

7 Noch vor Beginn der Erzählung ist auf der (nicht nummerierten) fünften Seite des Buches eine Widmung zu finden: Der dort erwähnte Jamie Lynch ist der Neffe John Boynes und war der erste junge Leser des Romans. Seine Reaktion überzeugte den Autor, dass die Erzählung auch für (ältere) Kinder gelungen war. Vgl. das Interview vom 18. 1. 2006: www.nieuwsblad.be/cnt/gvdmujq4.

agonist (Held) des Romans, der gerade von der Schule nach Hause kommt und das Dienstmädchen dabei antrifft, wie sie seine Sachen in vier Holzkisten packt. Dabei wird Bruno uns von der Erzählinstanz zunächst von außen gezeigt. Er ist kein Ich-Erzähler, der direkt über seine Sicht der Dinge, seine Gefühle etc. spricht, allerdings werden dem Leser bereits hier auch Einblicke in Brunos Innenleben gestattet:

> »[E]s passte ihm zwar nicht, nach Hause zu kommen und jemanden in seinen Sachen herumwühlen zu sehen, aber Mutter hatte ihm stets gesagt, er müsse Maria respektvoll behandeln und dürfe nicht einfach Vater nachahmen und so mit ihr reden wie er.« (S. 7)

Damit kann man – nach dem Modell des Literaturwissenschaftlers Franz K. Stanzel – von einer »**personalen Erzählinstanz**« sprechen, die ein zentrales Charakteristikum von *Der Junge im gestreiften Pyjama* ist. Sie vermittelt dem Leser die Geschichte nicht durch eine bestimmte und immer gleichbleibende Erzählstimme (es gibt in diesem Sinne keinen wirklichen »Erzähler«), sondern gleicht einer Kamera im Film und zeigt uns das Geschehen aus einer auf den ersten Blick neutralen Perspektive.

■ Personale Erzählinstanz

Aber tatsächlich hat eine solche Erzählinstanz meist eine sogenannte Reflektorfigur. In der Regel ist es nämlich Bruno, aus dessen Sicht alles erzählt wird, er wird somit zur **Reflektorfigur** der Erzählinstanz,

■ Reflektorfigur

in deren Innenleben diese blicken kann und aus deren Perspektive das Ganze auch erzählerisch vermittelt wird.[8] Nur selten werden auch Gretel und Schmuel zu Reflektorfiguren und die Erzählinstanz lässt den Leser dann erkennen, was diese Figur jeweils gerade denkt oder fühlt. Diese seltenen **Wechsel der Reflektorfigur** sind immer bedeutsam und müssen deshalb besonders wahrgenommen werden.

Die personale Erzählsituation hat für den Leser Folgen: Sie führt dazu, dass es – anders als beim auktorialen Erzählverhalten, das nur ganz am Schluss des Romans vorherrscht, als Bruno nicht mehr lebt – keine wertenden oder kommentierenden Äußerungen aus einer übergeordneten Perspektive für ihn gibt. Damit bleibt für den Leser immer die Unsicherheit, was Bruno korrekt wahrnimmt und was nicht.

Nachdem Bruno im ersten Kapitel erfahren hat, dass die Familie Berlin verlassen muss, führen die folgenden Kapitel den Leser zusammen mit dem Protagonisten an den Ort »Aus-Wisch«. Bruno kann sich nur sehr schwer an sein neues ›Zuhause‹ gewöhnen und denkt oft an das Leben in Berlin zurück. Diese Darstellungen aus Brunos Vergangenheit werden als **Rückwendungen** (Analepsen) erzählt. Bruno vergleicht im zweiten Kapitel sogar explizit sein Zuhause

■ Zeitstruktur der Erzählung

8 Kurze und präzise Informationen zu Stanzels drei Erzählsituationen und vielen anderen wichtigen literaturwissenschaftlichen Konzepten, Autoren und Werken findet man beispielsweise unter: www.einladung-zur-literaturwissenschaft.de.

in Berlin mit dem Ort, an dem sie nun »für die absehbare Zukunft« (S. 34) wohnen werden. Der Vergleich der beiden Orte Berlin und »Aus-Wisch« dient hier der verstärkenden Kontrastierung.

Obwohl die Erzählung ansonsten weitgehend chronologisch verläuft, spricht man wegen der Rückblenden dennoch von einer **narrativen Anachronie**, d. h. die Reihenfolge der Ereignisse wird beim Erzählen umgestellt. So erfährt der Leser z. B. erst im Verlaufe der Fabel von Brunos Vergangenheit in Berlin und auch davon, wie es tatsächlich zu dem Umzug von Berlin nach »Aus-Wisch« gekommen ist.

Erst in Kapitel 10, der Mitte der Erzählung, lernt Bruno seinen neuen Freund Schmuel, den Jungen im gestreiften ›Pyjama‹, kennen. Die Freundschaft der beiden Jungen wird zum **zentralen Thema der Erzählung**. Dabei nimmt die Geschichte eine spannende Entwicklung, bei der der Leser in einigen Kapiteln auch auf eine positive Wendung hoffen kann. So kann er sich z. B. die Frage stellen, was passiert wäre, wenn sich Bruno in Kapitel 15 seinem Freund gegenüber loyal verhalten und zu der gemeinsamen Freundschaft gestanden hätte. Letztlich aber wird klar, dass es an einem Ort wie »Aus-Wisch« kein Happy End geben kann.

■ Freundschaft = zentrales Thema

Brunos kindliche und naive Sicht führt dazu, dass der Blickwinkel für den Leser insgesamt stark reduziert ist. Viele Inhalte werden nur angedeutet und viele Fragen, die Bruno stellt, bleiben unbeantwortet. Diese Fülle an Unausgesprochenem und Angedeutetem stellt die womöglich größte Herausforderung für

■ Leerstellen

den Leser dar, denn es ist seine Aufgabe, diese **Leerstellen** (also das, was nicht gesagt wird) mit eigenem Wissen zu füllen bzw. zu konfrontieren. Dieser »Andeutungsstil« hat zur Folge, dass die Leser ein bestimmtes Alter und ein umfangreicheres Wissen haben müssen, um mit diesen Lücken überhaupt umgehen zu können.

■ Letztes Kapitel: auktoriale Erzählinstanz

Im letzten Kapitel kommt es dann zu dem schon beschriebenen Wechsel der Erzählinstanz. Da Bruno – und damit die dominante Reflektorfigur – von seinem letzten Abenteuer nicht mehr zurückkehrt, wird der Rest der Geschichte von einer **auktorialen Erzählinstanz** vermittelt, die allwissend das Geschehen überschaut und es ebenso kommentiert und bewertet. So etwa im letzten Absatz der Erzählung:

> »Dies ist das Ende der Geschichte von Bruno und seiner Familie. Natürlich geschah dies alles vor langer Zeit, und etwas Ähnliches könnte nie wieder passieren. Nicht in diesen Tagen. Nicht in diesem Zeitalter.« (S. 266)

■ Appell an den Leser

Diese letzten Worte des Schlusskapitels regen den Leser außerdem zum Nachdenken an; der Text appelliert hier geradezu an den Leser, dieser letzten Aussage zu widersprechen, denn sowohl vor als auch nach dem eigentlichen Erzähltext wird in den Paratexten ganz anderes gesagt. Im Nachwort etwa heißt es: »Auch heute gibt es noch Zäune wie den, der im Zentrum von *Der Junge im gestreiften Pyjama* steht«

(S. 270). Die Leser müssen also für sich eine Antwort finden: Gibt es solche Zustände, die die Menschen durch Hass und Ideologien trennen und die zu Gewalt und Mord führen, immer noch oder handelt es sich wirklich nur um eine historische Erfahrung? Und wenn es sie noch gibt: Wie kann und sollen sie sich zu diesen Zuständen verhalten?

Einfache Sprache

Die **Sprache** der Erzählung ist nicht zuletzt wegen der kindlichen Perspektive, aus der berichtet wird, relativ einfach. Es gibt kaum verschachtelte und komplexe Satzstrukturen. In Gesprächen mit Erwachsenen werden allerdings immer wieder Wörter oder Ausdrücke verwendet, wie beispielsweise »ergo« oder »absehbare Zukunft«, die Bruno nicht kennt oder versteht. Brunos (überzeichnete) Naivität und Unerfahrenheit tritt damit auch sprachlich deutlich hervor.

Erlebte Rede

Der Roman ist daneben durch häufige Verwendung von **erlebter Rede** gekennzeichnet, die – anders als die direkte Rede – ohne Anführungszeichen und ein Verb auskommt, das anzeigt, dass geredet oder gedacht wird. Dadurch ist nicht immer genau zu unterscheiden, wer spricht oder denkt – eine Figur oder die Erzählinstanz, wie z. B. in der folgenden Passage: »Danach zogen sie ab, und Vater ging wieder in sein Büro, zu dem der Zutritt jederzeit und ausnahmslos verboten war« (S. 58). Dieses Stilmittel ist besonders kennzeichnend für die personale Erzählsituation.

Wiederholungen als Markierung

Auffällig im Roman sind auch die vielen **Wiederholungen**, die als Verstärkung und Markierung im Text dienen. Besonders bei den Figurencharakterisierungen ist dies zu bemerken: So bezeichnet Bruno seine Schwester mehrfach als »hoffnungslosen Fall«, während sein Vater v. a. von der Mutter als »ein gewisser Jemand« betitelt wird – eine Bezeichnung, die auch Bruno übernimmt. In Situationen, in denen Bruno über etwas erstaunt ist, wird sein Mund immer als offen und ein O formend beschrieben. Auch die Erklärung, warum seine Mutter immer häufiger zum Alkohol greift, wird mehrfach wiederholt und dadurch markiert: Es wird deshalb sehr deutlich, dass der Sherry von ihr eben nicht nur »aus medizinischen Gründen« getrunken wird.

Bruno kann manche Wörter, wie bereits mehrfach erwähnt, nicht korrekt artikulieren. So spricht er beständig vom »Furor« und von »Aus-Wisch«, obgleich er auch korrigiert wird. Im Romankontext ist die falsche Aussprache durch Brunos Naivität begründet und auch plausibel. Betrachtet man allerdings den realen historischen Kontext, so erscheint diese Unfähigkeit für einen Neunjährigen als wenig wahrscheinlich. Die falsche Aussprache hat daher für den Roman noch eine weitere wichtige Funktion: das Geschehen wird von den tatsächlichen historischen Ereignissen weggerückt. Die Erzählung signalisiert damit, dass es eben nicht wirklich um den historischen Hitler oder das reale Konzentrations- und Vernichtungslager Auschwitz geht, sondern nur in symbolischer Hinsicht.

■ Fiktionalisierung durch falsche Aussprache

Nicht nur dadurch ist der Roman durchaus komplexer, als es zunächst den Anschein hat: Man muss ihn sehr genau lesen und darf als Leser selber nicht naiv sein und das Erzählte zu sehr auf die historischen Ereignisse projizieren (vgl. Kap. 6 »Abgrenzung zur realen Historie«).

5. Quellen und Kontexte

Die literarische Auseinandersetzung mit den Konzentrationslagern setzte bereits früh ein.

Frühe Konzentrationslager

Kurz nach der Machtergreifung 1933 hatten die Nationalsozialisten diese Terrorstätten eingerichtet, um v. a. politische Gegner zu unterdrücken und »umzuerziehen«, wie sie ihre brutalen Haftbedingungen zu rechtfertigen versuchten. In diesen frühen KZs, die in der ersten Zeit zum Teil auch provisorisch in Kellern angelegt worden waren, herrschten schlimmste Zustände: Die Häftlinge wurden geschlagen, systematisch psychisch gefoltert und mussten oft schwerste Zwangsarbeit verrichten; nicht wenige starben unter dieser grauenhaften Behandlung.

Allerdings gehörte zu diesen frühen KZs auch, dass einige der schwer geschundenen Häftlinge wieder entlassen wurden, unter anderem um die restliche Bevölkerung einzuschüchtern: Jeder sollte sehen, was passiert, wenn man sich nicht den neuen Machthabern unterordnet.

Schreiben im Exil

Nicht wenige der politischen Häftlinge, die wieder aus den frühen Lagern entlassen wurden, flohen ins Ausland und schrieben sofort auf, was sie in den Terroreinrichtungen der Nationalsozialisten erdulden mussten. Zu diesen frühen Texten, die im Ausland publiziert wurden, gehört z. B. Wolfgang Langhoffs Erinnerungsbericht *Die Moorsoldaten* (erstmals 1935 erschienen), in dem er v. a. über seine Haftzeit im KZ Börgermoor (Emsland) berichtet. Über verschiedene illegale Wege kamen Exemplare seines Buches auch in das Deutsche Reich und wurden dort heimlich weitergereicht.

Jüdische Häftlinge gab es in den deutschen Konzentrationslagern zwar schon früh, doch richteten sich die ersten Maßnahmen zunächst v. a. gegen politisch Andersdenkende. Erst 1938, v. a. in der Folge der Reichspogromnacht (9. November 1938), kamen zehntausende jüdische Häftlinge in die KZs. Auch sie wurden brutal behandelt und sollten – etwa im Konzentrationslager Buchenwald – massive Todesangst erleben, wie der Auftrag der SS lautete. In den völlig überfüllten Lagern herrschten grausame Zustände und unzählige Häftlinge starben. Auch viele der nach einiger Zeit wieder entlassenen jüdischen Häftlinge verließen Deutschland und publizierten im Ausland ausführliche Beschreibungen ihrer Leidensgeschichte, so etwa Mark Siegelberg, der 1940 in Schanghai seinen Bericht *Schutzhaftjude Nr. 13877* vorlegte.

Reichspogromnacht

Nach dem Kriegsbeginn änderte sich die Lage noch einmal drastisch: Die deutschen Behörden richteten im besetzten Polen Gettos ein, um die jüdische Bevölkerung von der restlichen Bevölkerung zu separieren. 1940 wurde in Auschwitz eine ehemalige Kaserne zu einem großen Konzentrationslager umfunktioniert, in dem zunächst Mitglieder der sogenannten »polnischen Intelligenz« (darunter z. B. Professoren, Ärzte und Geistliche) und des Widerstands inhaftiert wurden. In diesen neuen Terrorstätten war die Lage

Errichtung von Gettos

katastrophal: Tausende fielen den Krankheiten, der radikalen Unterernährung und der Zwangsarbeit zum Opfer; in Auschwitz kamen systematische Folter und schon bald Massenmorde hinzu. Entlassungen von Häftlingen waren jetzt kaum mehr vorgesehen, auch Fluchten gelangen aus den Gettos und den KZs nur äußerst selten. Trotzdem schrieben und dokumentierten die Menschen unter diesen Bedingungen weiter; einige wenige Texte wurden aus den Gettos und Lagern geschmuggelt und fanden ihren Weg ins Ausland, wo sie z. T. auch publiziert wurden, oder sie wurden illegal im besetzten Polen verbreitet. So erschienen etwa aufrüttelnde Berichte zu Auschwitz von Władysław Bartoszewski, der zwischen September 1940 und April 1941 dort inhaftiert war, in der polnischen Untergrundpresse.[9]

Wannsee-Konferenz

Mit der sogenannten Wannsee-Konferenz 1942 veränderte sich die Situation noch einmal nachdrücklich: Auf diesem Spitzentreffen deutscher Ministerien und Behörden wurde die »Endlösung der Judenfrage« organisiert, wie die Nationalsozialisten den Mord an Millionen Menschen nannten. Der Lagerkomplex Auschwitz war schon kurz vorher ausgebaut worden und das Töten in Gaskammern wurde in der Folge massiv ausgeweitet (das Außenlager »Auschwitz II-Birkenau« wurde im Oktober 1941 in Betrieb ge-

9 Einige dieser Texte Bartoszewskis sind auch auf Deutsch publiziert worden: Władysław Bartoszewski, *Mein Auschwitz*, übers. von Sandra Ewers und Agnieszka Grzybkowska, Paderborn 2015.

nommen), an verschiedenen Stellen in Polen entstanden reine Vernichtungslager (1942: Bełżec, Treblinka, Sobibor). Die Menschen wurden in großer Zahl aus den Gettos in diese Lager deportiert, die allermeisten sofort nach ihrer Ankunft ermordet.

Kollektive Klagegesänge

Auch unter diesen Umständen entstanden zahllose Texte, viele wurden versteckt und z. T. erst Jahre nach dem Ende des Krieges und des Holocaust wiedergefunden, andere wurden weiterhin aus den Lagern geschmuggelt. So etwa das Gedicht »Der nie abgeschickte Brief« von Krystyna Żywulska, das von den grauenhaften Bedingungen im Frauenlager in Auschwitz-Birkenau berichtet und das es bis nach London schaffte, wo es die polnische Exilregierung erreichte.[10] Bemerkenswerterweise wurden solche Gedichte auch im Lager insgeheim weitergegeben und nicht selten auswendig gelernt: Obwohl die Häftlinge ja vom selben Elend umgeben waren, wie es in den Gedichten beschrieben wurde, trösteten sie diese Verse offensichtlich und gaben ihnen Halt. Sie wurden so zu kollektiven Klagegesängen.

Fiktionale Texte in Lagern

Und noch etwas ist auffällig an den schriftlichen Zeugnissen, die in den Gettos und Lagern unter schwierigsten Bedingungen entstanden[11]: Immer wie-

10 Eine deutsche Version dieses Gedichts und anderer Gedichte aus der Zeit findet sich in: Krystyna Żywulska, *Wo vorher Birken waren. Überlebensbericht einer jungen Frau aus Auschwitz-Birkenau*, Darmstadt [2]1980.

11 Natürlich war es den Häftlingen eigentlich unter Todesstrafe verboten zu schreiben; in den Lagern fehlten auch die wich-

der sind unter diesen auch fiktionale Texte, wie etwa Kurzgeschichten, Erzählungen oder sogar Dramen. Ganz offensichtlich half es vielen Autoren, zumindest Teile ihrer Texte zu erfinden. Damit konnten sie sich selbst ein wenig von den Grausamkeiten, die ihnen widerfuhren, distanzieren oder auch das eigene Schicksal durch Fiktionalisierung verallgemeinern und verarbeiten.

Debatte um Fiktionalisierung

Die Tatsache, dass auch in den Gettos und KZs fiktionale Texte entstanden, ist umso bemerkenswerter, weil bald schon nach dem Krieg, als viele Überlebende begannen, ihre Erlebnisse mitzuteilen, eine Debatte darüber entstand, ob es angemessen sei, über das, was im Holocaust[12] geschehen war, ›erfundene‹ Geschichten zu schreiben. Der Auschwitz-Überlebende Elie Wiesel, der selbst einen sehr einflussreichen Bericht über seine eigene Leiderfahrung unter dem Titel *Die Nacht* publizierte (erstmals 1956 auf Jiddisch in Argentinien), hatte seine Ablehnung gegenüber fiktionalen Texten u. a. mit diesem Satz ausgedrückt: »Ein Roman über Auschwitz ist entweder kein Roman oder er handelt nicht von Auschwitz«.[13] Andere Über-

tigsten Utensilien, um dies zu tun: Papier oder Stifte waren absolute Mangelwaren.

12 Vgl. dazu etwa: Sascha Feuchert, »Einleitung«, in: *Holocaust-Literatur. Auschwitz*, hrsg. von S. F., Stuttgart 2000, S. 17–25. (Der Band ist momentan nur in Bibliotheken und antiquarisch erhältlich, eine Neuauflage in einem anderen Verlag ist aber geplant.)

13 Elie Wiesel, *Jude heute. Erzählungen – Essays – Dialoge*, übers. von Hilde Linnert, Wien 1987, S. 202 f. Wiesel hatte

lebende, wie der Ungar Imre Kertész, waren genau der gegenteiligen Überzeugung. Doch auch dieser betonte in seiner Rede, als er den Literaturnobelpreis 2002 entgegennahm, dass fiktionale Texte über Auschwitz den Begriff der »Literatur« in seiner herkömmlichen Bedeutung beendeten: »Über Auschwitz kann man nur einen schwarzen Roman schreiben, einen [...] Kolportageroman [literarisch wertloser Roman] in Fortsetzungen, der in Auschwitz beginnt und bis zum heutigen Tag dauert.«[14]

Die Sorge jener, die nur Berichte, aber keine fiktionalen Texte über Auschwitz oder andere Aspekte des Holocaust wollten, bestand darin, dass diese erfundenen Geschichten die grausamen Verbrechen möglicherweise verharmlosen könnten oder dass die Romane, Kurzgeschichten oder Dramen die realen Ereignisse überdecken könnten und damit die ›authentischen‹ Zeugnisse in den Hintergrund treten würden. Diese Debatte wird noch immer bei fast jedem Versuch, über den Holocaust eine (teilweise) erfundene Geschichte zu erzählen, geführt.

Verharmlosung in Kinder- und Jugendliteratur?

Besonders Texten der Kinder- und Jugendliteratur, die sich mit dem Thema beschäftigten, wurde oft vorgeworfen, sie verharmlosten das Geschehen, indem sie sich (notwendigerweise) an die kindliche oder ju-

dieses Unbehagen an der Fiktionalisierung des Holocaust schon früher mit anderen Formulierungen ausgedrückt.

14 Kertész' Nobelvorlesung kann nachgelesen werden unter: www.nobelprize.org/nobel_prizes/literature/laureates/2002/kertesz-lecture-g.html.

gendliche Perspektive ihrer Leser anpassten. Tatsächlich werden in solchen Texten viele Grausamkeiten ausgeblendet, weil junge Leserinnen und Leser mit ihnen v. a. emotional noch nicht umgehen können.

Bis es aber überhaupt zu einer Thematisierung des mörderischen Nazi-Terrors gegen die Juden oder andere Opfergruppen in der Kinder- und Jugendliteratur kam, musste sich erst einmal das grundsätzliche Verständnis von dieser Art von Literatur ändern: Bis weit in die 1960er Jahre hinein glaubte man, dass Literatur für Kinder und junge Erwachsene diese vor den wirklichen Problemen in der Welt schonen müsste und sie stattdessen eher erziehen und unterhalten sollte.[15] Erst in den frühen 1970er Jahren vollzog sich dann ein Wandel und viele alltägliche Probleme wie Scheidung, Armut oder Behinderung zogen in die Kinder- und Jugendliteratur ein. Auch erschienen nun erstmals einige Texte, die sich mit dem Nationalsozialismus, der Verfolgung und Ermordung der Opfer oder auch den Erfahrungen im Exil auseinandersetzten.

Boynes symbolische Erzählung

Trotzdem wurden gerade bei Büchern, die weniger von der tatsächlichen Geschichte, sondern eher symbolisch erzählten, immer wieder Diskussionen geführt, ob ein solcher Umgang mit dem Holocaust angebracht sei oder ob sie den Lesern nicht ein völlig falsches Bild vermittelten. Auch bei John Boynes

15 Nicht umsonst nennt man solche Kinder- und Jugendliteratur, die vor realen Konflikten eher ausweicht, »Schonraumliteratur«.

Werk *Der Junge im gestreiften Pyjama* gab es diese kritischen Überlegungen besonders unter Pädagogen. Da Boyne natürlich eine solche Kritik an fiktionalen Geschichten über Auschwitz kannte bzw. für den eigenen Roman ahnte, tat er viel, um zu verdeutlichen, dass sein Roman nicht über das reale Lager erzählt und nicht über tatsächliche Opfer und Täter, sondern auf symbolischer Ebene von universelleren Themen wie Freundschaft, Loyalität, aber auch Hass und Ideologie handelt, die aber in einen losen historischen Rahmen eingebettet sind. Damit erreichte er gleich zweierlei: Zum einen machte er seine Fabel weniger angreifbar für eine Kritik, die ihm unterstellte, er verharmlose den tatsächlichen Holocaust. Zum anderen ließ er seinen Roman auch für die Gegenwart bedeutsamer werden. Denn gerade jetzt müssen wir erkennen: (rechte) Ideologie, Rassismus und Hass sind leider längst nicht ausgestorben und auf die Zeit des Holocaust beschränkt, sondern immer gegenwärtig.

6. Interpretationsansätze

Lektüreleitende Paratexte

Der französische Literaturwissenschaftler Gérard Genette (1930–2018) hat in seinem berühmten Werk *Paratexte. Das Buch vom Beiwerk des Buches* (auf Deutsch erstmals 1989 erschienen) auf die wichtige Funktion von Cover, (Unter-)Titel, Motto sowie Vor- und Nachwort eines Buches hingewiesen.

Was wir oft als bloßes »Beiwerk« empfinden mögen, sei in Wirklichkeit lektüreleitend, d.h. verantwortlich dafür, wie wir einen Text lesen.

Leseerwartungen

Wird etwa ein Buch als »Autobiographie« auf dem Umschlag bezeichnet, ist unsere Erwartung an das Werk eine ganz andere, als wenn dort »Roman« steht. Solche Zusatzinformationen – oder »Paratexte«, wie Genette sie nennt – werden trotzdem von manchen (ungeübten) Lesern einfach überblättert: Damit laufen diese aber Gefahr, einen Text nicht richtig einzuordnen oder ihn gar misszuverstehen. John Boynes Roman *Der Junge im gestreiften Pyjama* gehört zu jenen Werken, bei denen man unbedingt dieses Beiwerk genau anschauen muss, weil sich der Autor und der Verlag offenbar eine Menge Gedanken gemacht haben, wie sie unsere Lektüre durch die Paratexte anleiten bzw. vorprägen können.[16]

16 Diesem Lektüreschlüssel liegt die ergänzte Taschenbuchfassung aus dem Jahre 2016 zugrunde, die mit nur geringen

Betrachtet man den Umschlag des Buches, fallen vermutlich als Erstes die hellblauen und etwas dunkleren blauen Streifen auf, die in Verbindung mit dem Titel die Leser, die nichts über den Roman wissen, wahrscheinlich erst einmal an einen Pyjama denken lassen. Auch auf der Rückseite des Buches wird nichts dafür getan, dass diese (falsche) Assoziation unterbunden wird: Es finden sich – anders als sonst üblich – keinerlei Angaben zum Inhalt oder zum Autor. Stattdessen gibt es nur kurze Zitate aus Zeitungen und Zeitschriften, die das Werk sehr loben, aber auch sie geben nicht preis, worum es in dem Text gehen könnte.

Im Klappentext auf der zweiten Seite des Buches (die zur sogenannten »Titelei« gehört und die keine Seitenzahl hat[17]) wird der Leser kaum ausführlicher über die Hintergründe des Textes aufgeklärt, dafür aber auf ein zentrales Motiv der Erzählung hingewiesen:

> »Wer zu lesen beginnt, begibt sich auf eine Reise mit einem neunjährigen Jungen namens Bruno. (Und doch ist es kein Buch für Neunjährige.) Früher oder später kommt er mit Bruno an einen Zaun. Zäune wie dieser existieren auf der ganzen Welt.« (S. 2)

Motiv der Erzählung: Zäune

Variationen auch bei den Paratexten seit 2009 immer wieder gleich aufgelegt worden ist.

17 Informationen über die »Titelei« eines Buches erhält man z. B. unter: www.typolexikon.de/titelei/.

Kennt er doch schon das Thema des Buches, so wird der aufmerksame Leser hier feststellen, dass der Verlag – vermutlich in Zusammenarbeit mit dem Autor – sorgsam vermeidet, eine Verbindung zum historischen Geschehen im Zweiten Weltkrieg bzw. im Holocaust herzustellen.

■ Kennzeichnung als Fabel

Auf der gegenüberliegenden Seite des Klappentexts, im sogenannten Haupttitel der Titelei, befindet sich neben dem Titel des Romans auch sein Untertitel. Dieser sorgt zwar einerseits für Orientierung – könnte bei deutschen Lesern aber andererseits auch zur Irritation führen:

■ Fiktionale Erzählung

»Eine Fabel« nennt John Boyne seine Erzählung dort. Damit wird diese zunächst einmal als fiktional markiert und es wird deutlich gemacht, dass es sich hier nicht um einen Text handelt, der realistisch (über die Vergangenheit) erzählen will. Stattdessen verweist der Autor auf eine Gattung, die auch jüngeren Lesern schon bekannt sein dürfte: Eine Fabel ist in der Regel eine kurze Erzählung (in Prosa oder Vers), die mit einer Schlusspointe endet und aus der man eine allgemein gültige moralische Lehre ableiten kann. Verwirrend dürfte für deutsche Leser allerdings sein, dass hierzulande – v. a. in schulischen Zusammenhängen – die Fabel häufig mit einem gewissen Personal assoziiert wird, nämlich mit Tieren, die in den Erzählungen menschliche Eigenschaften besitzen bzw. repräsentieren. Das ist allerdings allein historisch betrachtet problematisch, denn schon seit der Antike gab es z. B. Pflanzenfabeln oder solche mit phantastischen Mischwesen. Im englischen Sprachraum ist die Fabel daher auch weniger stark mit Tieren als Hauptfiguren verbunden, sondern dort steht eher der moralisch-lehrhafte Charakter der Gattung im Vordergrund.

Diesen zu betonen ist auch die eigentliche Intention des Untertitels von *Der Junge im gestreiften Pyjama*: Der Leser soll von der erzählten Geschichte lernen können, allerdings nicht über tatsächliche (historische) Ereignisse, sondern hauptsächlich über menschliche Eigenschaften und über moralische Zusammenhänge.

Moralische Botschaft

Abgrenzung zur realen Historie

Wir werden im weiteren Verlauf dieser Interpretation sehen, dass auch ein anderer wichtiger Paratext, nämlich das Nachwort des Autors, den moralisch-lehrhaften sowie rein fiktionalen Charakter des Romans unterstützt. Zudem nutzt Boyne im Roman weitere Strategien, um das Erzählte deutlich zu enthistorisieren, also vom tatsächlichen Geschehen in Auschwitz und im Zweiten Weltkrieg zu distanzieren.

Enthistorisierung

Unter anderem verwendet Boyne dazu Wortspiele. So hat die Verballhornung der Bezeichnung »Führer« zu »Furor« mehrere Funktionen für den Leser: Erstens wird hier deutlich, wie sehr sich die Erzählinstanz auf die Perspektive Brunos einlässt, der offensichtlich diesen Ehrentitel des deutschen Reichskanz-

Distanz durch Wortspiele

lers Adolf Hitler nicht richtig aussprechen kann[18] oder sogar nicht richtig versteht. Zweitens wird dem Leser, sofern er weiß, wer der »Furor« ist, eine zeitliche Verortung angeboten, denn offensichtlich spielt die Geschichte während des Dritten Reichs. Drittens kann der Leser durch die konsequent durchgehaltene falsche Aussprache, die sich auch beim Ortsnamen »Aus-Wisch« wiederholt, leichter die fiktionale Geschichte vom realen »Führer« und dem tatsächlichen Auschwitz distanzieren.

›fabel-hafter‹ Charakter der Erzählung

Denn diese falschen Aussprachen helfen dem Leser, den ›fabel-haften‹ Charakter der Geschichte noch einmal in Erinnerung zu rufen. Es geht eben nicht wirklich um den historischen Hitler oder das tatsächliche Vernichtungslager Auschwitz – die Erzählung wird so auch im Text selbst noch einmal indirekt als Fabel bzw. als Märchen gekennzeichnet. Dies macht Boyne mit weiteren Strategien im Verlauf der Erzählung immer deutlicher.

Brunos Naivität = unrealistisch

Auch Brunos Charaktereigenschaften tragen zur Enthistorisierung der Geschichte bei. Dass er extrem naiv und blauäugig ist, zeigt sich gleich zu Beginn des Textes, wenn er den Grund für den Umzug der ganzen Familie erfährt: »›Wegen der Arbeit deines Va-

18 Nebenbei sei angemerkt, dass es für ein deutsches Kind unwahrscheinlich ist, aus dem Wort »Führer« tatsächlich »Furor« zu machen, falls es Schwierigkeiten mit der Aussprache hätte. Für ein englischsprachiges Kind machte das weit mehr Sinn, denn englischsprechenden Menschen machen besonders die Umlaute zu schaffen.

ters‹, erklärte Mutter. ›Du weißt, wie wichtig sie ist, nicht?‹« (S. 10) Das scheint Bruno in der Tat klar zu sein, auch, dass der »Furor Großes mit [dem Vater] vorhatte« (S. 10). Welchen Beruf dieser aber hat, ist ihm unklar: »[D]enn wenn er ehrlich mit sich war [...], wusste er nicht so recht, was Vater eigentlich machte« (S. 11). Dass sein Vater allerdings »eine phantastische Uniform trug« (S. 11), ist ihm aufgefallen. Schon hier ahnt man als historisch vorgebildeter Leser, dass der Vater ein hochrangiges Mitglied der SS sein könnte, der sogenannten Schutzstaffel der NSDAP, die im Dritten Reich wesentlich verantwortlich war für den Terror gegen politische Gegner, jüdische Menschen oder andere aus rassischen oder politischen Gründen Verfolgte und die die Konzentrations- und Vernichtungslager betrieb. Der Leser wird sich an dieser Stelle – und bestimmt auch an vielen weiteren – fragen, wie realistisch die hier dargestellte Naivität bei einem Neunjährigen eigentlich ist. Und auch hier lautet die Antwort: Sie ist ganz absichtlich unrealistisch – diese geradezu unmögliche Naivität dient nämlich wieder dazu, das Erzählte als fiktional, als märchenhaft zu kennzeichnen. Ein normaler Neunjähriger im historischen Dritten Reich, der zudem zunächst eine öffentliche Schule besucht hat, war beständig der Ideologie der Nationalsozialisten ausgesetzt und hätte sehr viel mehr gewusst: Schon mit 10 Jahren wurden die Jungen im Dritten Reich als »Pimpfe« in die Hitler-Jugend (HJ) aufgenommen, wo sie die nationalsozialistische Ideologie lernten. Und natürlich hätten ›reale‹

Schüler – anders als die Figur »Bruno« – deshalb auch gewusst, zu welcher Organisation Brunos Vater wohl gehörte.

Neben der beschriebenen Funktion auf der außertextlichen Ebene, nämlich die Erzählung für den Leser als ›nicht-historisch‹ zu markieren, hat die Naivität Brunos auch innerhalb der Geschichte eine wichtige Funktion, wie im folgenden Kapitel ausgeführt wird.

Die schädliche Welt der Erwachsenen

Brunos Unbedarftheit macht ihn zu einem völlig unverdorbenen Menschen, zu einer Person, die sich sozusagen noch in einem menschlichen Urzustand befindet, ohne durch Ideologie, Hass etc. geprägt zu sein. Da keine andere Figur im Roman Bruno als merkwürdig oder einzigartig begreift (bis auf Gretel vielleicht, das aber aus anderen Gründen), erscheint diese Naivität in der Geschichte selbst als plausibel. Offenbar sind in dieser erfundenen Welt alle Kinder so – bis sie der schädlichen Welt der Erwachsenen vollends ausgesetzt sind. Rassismus, Egoismus, Unmenschlichkeit gehören demnach im Roman nicht zur menschlichen ›Grundausstattung‹, sondern sind das Ergebnis von Erziehung und der Nachahmung von (schlechten) Vorbildern.

- Kinder = frei von Ideologie und Hass

An Gretel kann man diese Entwicklung im Verlauf der Erzählung sehr gut beobachten: Solange sie sich noch nicht von Kotler, dem Adjutanten ihres Vaters, angezogen fühlt und noch ganz kindlich ist, spielt sie

- Gretels Entwicklung hin zur …

mit Puppen (vgl. S. 32 ff.) und interessiert sich nicht für die grausame Welt der Erwachsenen. Sobald aber Kotler in ihr Leben tritt und sie mit seiner erwachsenen und verdorbenen Welt in Berührung kommt, übernimmt sie schrittweise dessen Ideologie.[19] Unklar bleibt im Roman, ob dies eine zwangsläufige Entwicklung ist, d. h., ob mit dem Erwachsenwerden automatisch ein weitgehender Verlust der kindlichen Gutherzigkeit einhergeht, oder ob es – etwa durch die Konfrontation mit anderen Werten wie z. B. Freundschaft – auch eine Alternative gibt. Unser Protagonist Bruno stirbt – mit reinem Herzen – zu früh, um diese Frage für ihn sicher zu beantworten. Dass es allerdings auch erwachsene Figuren im Roman gibt, die die nationalsozialistische Ideologie nicht verinnerlicht haben und gegen sie aufbegehren, wie etwa Brunos Großmutter und seine Mutter, lässt für den Leser ein wenig Hoffnung zu.

■ … verdorbenen Welt der Erwachsenen

Festhalten muss man jedoch auch, dass diese beiden positiven Figuren letztlich scheitern: Die Großmutter stirbt, ohne ihren Sohn mit ihrer Abscheu vor den nationalsozialistischen Verbrechen wirklich erreicht zu haben. Und die Mutter scheint in ihrer Verzweiflung über den neuen Wohnort und die Abwesenheit ihres Mannes ausgerechnet mit Kotler ein Verhältnis einzugehen (vgl. z. B. S. 221; im Roman wird nicht mitgeteilt, ob die beiden wirklich eine Af-

■ Mutter und Großmutter scheitern

19 Als Kotler die Familie verlassen muss, tauscht sie ihre Puppen gegen Landkarten aus, auf denen sie den Kriegsverlauf markiert, vgl. S. 223 f.

färe haben) und auch Probleme mit Alkohol zu haben, den sie angeblich »aus medizinischen Gründen« (etwa S. 232) konsumiert. Immerhin kann sie ihren Mann davon überzeugen, dass sie den Ort »Aus-Wisch« mit ihren Kindern wieder verlassen wird.

Doch bis dahin ist viel passiert, und für Bruno kommt diese Entscheidung letztlich zu spät, denn die Ereignisse haben bereits eine Dynamik angenommen, die fast zwangsläufig dazu führen muss, dass er zusammen mit seinem neuen Freund Schmuel umkommen wird.

»Aus-Wisch«

Bevor es zur ersten Begegnung zwischen Bruno und Schmuel kommt, erkundet Bruno nach dem Umzug zunächst seine unmittelbare neue Umgebung und wundert sich dabei über das benachbarte Lager, das er nicht als solches erkennt. Von seinem Zimmer aus kann er durch ein Fenster auf das Gelände blicken: »[B]ei dem Anblick wurde ihm ganz kalt und ängstlich zumute« (S. 30). Auch Gretel, Brunos Schwester, kann wenig mit dem gefährlich anmutenden Ort anfangen, und der »riesige Drahtzaun« mit seinen »Stacheldrahtballen« und den »vielen scharfen Spitzen« erschreckt sie (S. 44).

■ Bedrohlicher Anblick

Der Leser indes ahnt immer deutlicher, wo er sich zusammen mit der Familie befindet: Nur kurz vorher hat Gretel nämlich ihrem Bruder eröffnet, wie der Ort heißt, an dem sie nun wohnen:

■ Bezug zu Auschwitz

Abb. 5: KZ Auschwitz, Einfahrt: Außenlager Birkenau, Polen 1945. Eingang nach der Befreiung, im Vordergrund von den Wachmannschaften zurückgelassene Ausrüstungsgegenstände. –

> »›Aus-Wisch?‹, fragte Bruno. ›Was ist ein Aus-Wisch?‹ ›Es heißt nicht *ein* Aus-Wisch, Bruno‹, sagte Gretel seufzend. ›Nur Aus-Wisch.‹ ›Na gut, aber was ist Aus-Wisch?‹, wiederholte er. ›Was auswischen?‹ ›Das ist der Name des Hauses‹, erklärte Gretel. ›Aus-Wisch‹.« (S. 35)

Für den Leser ist es natürlich naheliegend, mit »Aus-Wisch« das lautlich ähnlich klingende Konzentrations- und Vernichtungslager Auschwitz zu assoziieren und mit diesem Wissen eine Position einzunehmen, die der beschränkten Sicht der kindlichen Protagonisten überlegen ist. Außerdem kann er hier erkennen, dass auch Gretel nicht recht weiß, wo sie sich befindet und was in ihrem neuen Zuhause vor sich geht: Sie glaubt zumindest, nur »das Haus« trage diesen Namen, der ihr offenbar nichts sagt, und den sie in keinen Zusammenhang mit dem angrenzenden Lager bringt.

Name: Missverständnis Brunos

Allerdings sollten die Rezipienten vorsichtig sein und sich vor allzu schnellen Schlüssen und Interpretationen hüten, die Sache ist komplexer, als man zunächst meinen könnte: Denn durch die gewählte Erzählperspektive ist erst nicht klar, ob Gretel wie Bruno den Ortsnamen »Aus-Wisch« wirklich benutzt oder ob das nur der Name ist, den der kleine Bruno (miss-)versteht. Da die Geschichte, wie zuvor erläutert, aus Brunos Perspektive erzählt wird, ist Letzteres naheliegend und wird im weiteren Verlauf der Erzählung schließlich durch zwei Passagen bestätigt. In einem Gespräch mit seinem Vater, in dem sich Bruno über den neuen Wohnort beschwert und sich wünscht, wieder nach Hause zurückzukehren, belehrt ihn der Vater nämlich: »›Aus-Wisch ist unser neues Zuhause‹« (S. 62). Da der Kommandant des Lagers den Namen wohl kaum falsch aussprechen würde, ist zu vermuten, dass der wiedergegebene Name jener ist, den Bruno (miss-)versteht. Und ganz deutlich wird es, wenn Gretel an anderer Stelle Bruno explizit verbessert. »›Es heißt nicht Aus-Wisch, Bruno‹, sagte sie ärgerlich, als wäre es der schlimmste Fehler, den man überhaupt begehen konnte.« (S. 224 f.)

Für die Einordnung des Lesers hat diese Stelle eine geradezu symbolische Bedeutung. Spätestens hier muss er verstehen, dass er »Aus-Wisch« nicht mit dem realen Auschwitz gleichsetzen darf, denn dessen richtiger Name wird (bewusst) nie im Roman genannt.

»Aus-Wisch« ≠ Auschwitz

Gleichzeitig muss er dennoch das historische Lager als Vergleichsfolie präsent haben, denn dass es sich um ein, zumindest in gewisser Hinsicht, ähnliches (fiktives) Konzentrations- und Vernichtungslager handelt, bleibt ebenso klar.

Historisches Lager = Vergleichsfolie

Auch andere konkrete Benennungen vermeidet der Roman im Übrigen: So findet sich beispielsweise nirgendwo im Erzähltext eine Erwähnung der SS, deren Angehörige für die Verbrechen im realen Konzentrations- und Vernichtungslager Auschwitz verantwortlich waren. Im Roman wird immer unkonkret von »Soldaten« gesprochen und es werden auch militärische Ränge (etwa »Oberleutnant Kotler«) statt der entsprechenden SS-Ränge benannt.

Vermeidung historischer Begrifflichkeiten

Wie gesagt: Solche Auslassungen und Umgestaltungen der realen Begebenheiten sind innerhalb der Geschichte damit zu erklären, dass Bruno die Zusammenhänge nicht richtig begreift und vieles falsch einordnet. Außerhalb der Erzählung muss man die Lücken aber als bewusste Entscheidungen des Autors John Boyne verstehen: Er möchte die Verbindungen zwischen der fiktiven Welt der Erzählung und der realen historischen Welt lockern, ohne sie ganz aufzulösen. Damit ist aber auch klar: Über das histori-

Unterscheidung: Fiktion – Realität

sche, reale Auschwitz, über dessen Opfer, über die dortigen grausamen Bedingungen wird der Leser im Roman selbst nichts bzw. nur sehr wenig lernen können. Der Roman kann aber ein Anlass dafür sein, sich mit dem realen Geschehen im Konzentrations- und Vernichtungslager Auschwitz auseinanderzusetzen.

Brunos und Schmuels Freundschaft

Auch wenn der Roman nicht über die tatsächlichen Ereignisse des Holocaust berichtet, konfrontiert er den Leser dennoch mit Themen, die sicher auch im Kontext des realen Auschwitz eine wichtige Rolle spielten – aber eben nicht nur dort. So kann der Rezipient mithilfe des Romans v. a. intensiv über die Bedeutung von Freundschaft sowie von Loyalität und Vertrauen in einer Welt voller Hass, Rassismus und Ideologie nachdenken. Es ist deshalb kein Zufall, dass die erste Begegnung zwischen Schmuel und Bruno genau in der Mitte des Romans, im zehnten Kapitel, beschrieben wird: Es ist die Freundschaft der beiden, die damit im doppelten Sinne im Zentrum der Erzählung steht.

■ Zentrum der Erzählung: Freundschaft

Damit der Leser die Bedeutung der bevorstehenden Begegnung auch richtig versteht, hat die Schilderung des ersten Treffens von Bruno und seinem neuen Freund fast filmische Qualität, denn nur ganz langsam nähert sich unser Held dem Zaun des Lagers, das offenbar riesige Ausmaße hat: »Im selben Moment aber tauchte ein kleiner Punkt in der Ferne auf, und er

■ Das Kennenlernen

kniff die Augen zusammen, um festzustellen, was das war« (S. 132).

Ganz bewusst wird in dieser Szene der Erzählvorgang verlangsamt, um die Spannung zu steigern. Solche Zeitdehnungen – d. h. die Zeit, die gebraucht wird, um den Vorgang zu erzählen (Erzählzeit), ist länger als die Zeit, die in der Erzählung vergeht (erzählte Zeit)[20] – sind klassische Mittel, um den Leser näher an das vermittelte Geschehen zu binden und in ihm eine sogenannte Was-Spannung auszulösen (›was genau passiert jetzt?‹). Das dürfte auch hier gelingen, denn die Zeit wird in dieser Kennenlern-Szene deutlich gedehnt:

Zeitdehnung

> »Doch noch während er das dachte, trugen ihn seine Füße Schritt für Schritt näher zu dem Punkt in der Ferne, der zwischenzeitlich ein Fleck geworden war und langsam alle Anzeichen aufwies, sich in einen Klacks zu verwandeln. Und kurz darauf wurde der Klacks ein Schemen. Und als Bruno noch näher kam, sah er, dass das Ding weder ein Punkt noch ein Fleck noch ein Klacks noch ein Schemen war, sondern ein Mensch. Genau genommen war es ein Junge.« (S. 132)

20 Das Verhältnis von Erzählzeit und erzählter Zeit sollte bei der Analyse von epischen Werken immer eine Rolle spielen – nicht nur im Hinblick auf den gesamten Text, sondern auch auf einzelne Szenen, denn damit können zentrale literarische Effekte beschrieben werden. Vgl. auch Kapitel 4.

Schlüsselszene

Diese Zeitdehnung hat neben der Spannungserzeugung noch zwei weitere Funktionen: Zum einen nähert sich Bruno in dieser Szene der Wahrheit an, die sich hinter seiner veränderten Lebenssituation verbirgt – wenn auch auf sehr behutsame und damit auch sehr naive Weise. Zum anderen markiert die Zeitdehnung deutlich, dass Bruno auf die eine entscheidende Begegnung in seinem noch kurzen Leben zugeht, die ihm Freundschaft, Selbsterkenntnis, aber letztlich auch den Tod bringen wird.

Die Begrüßung der beiden Jungen fällt unspektakulär aus, sie gleicht den zaghaften Annäherungen von sich unbekannten Kindern auf der ganzen Welt: »Obwohl sie durch einen Zaun getrennt waren, war ihm [Bruno] klar, dass man bei Fremden nie wachsam genug sein konnte […]. ›Hallo‹, sagte Bruno. ›Hallo‹, sagte der Junge« (S. 133).

Schmuel: Kontrastfigur zu Bruno

Doch schnell wird im Erzähltext thematisiert, worin die Unterschiede zwischen Schmuel und Bruno bestehen und somit auch, warum ihr Aufeinandertreffen eben doch keine ›normale‹ Situation ist:

> »Der Junge war kleiner als Bruno und saß mit verlorenem Gesichtsausdruck auf dem Boden. Er trug den gleichen gestreiften Anzug, den alle Leute auf jener Seite des Zauns trugen, und eine gestreifte Stoffmütze auf dem Kopf. Er hatte weder Schuhe noch Socken an, und seine Füße waren ziemlich schmutzig. Über dem Ellbogen trug er eine Armbinde mit einem Stern darauf.« (S. 133 f.)

Damit tritt Schmuel, dessen Name der Leser erst ein wenig später erfährt, zunächst als Kontrastfigur zu Bruno auf: Aussehen und Kleidung des fremden Jungen scheinen anders zu sein als die Aufmachung unseres neunjährigen Protagonisten. Die Armbinde, deren Symbol im Roman hier und noch an einer weiteren Stelle abgedruckt wird, markiert besonders deutlich Schmuels Zugehörigkeit zu einer für Bruno fremden Gruppe.

Nach und nach wird diese Distanz zwischen den beiden Jungen aber abgebaut. Geradezu symbolisch ist dafür, wie Bruno sein Gegenüber imitiert: »Er setzte sich auf seiner Seite des Zauns auf den Boden, kreuzte die Beine übereinander wie der kleine Junge« (S. 135). Bruno stellt damit eine Augenhöhe zu dem fremden Kind her, er erhebt sich nicht über den inhaftierten Jungen, sondern sieht ihn mit kindlicher Unverdorbenheit als gleichwertig an. Auch der anschließende Austausch der Namen dient diesem Zweck: Beide Jungen vertrauen sich diese unvoreingenommen an, wenn ihre Namen auch aus zwei völlig anderen Welten zu kommen scheinen. Mehr noch: Gegenseitig versichern sich Schmuel und Bruno, dass ihnen der Name des jeweils anderen gefällt und dass er positive Assoziationen zulässt (vgl. S. 136).

■ Distanzabbau

Da in der Literatur nichts zufällig ist, lohnt es sich, ein wenig über die Namensgebung nachzudenken. Natürlich sind die beiden Namen zunächst einmal typisch für die jeweiligen Gruppen, denen die zwei Jungen angehören: Während »Schmuel« ein typisch jüdischer Na-

■ Herkunft der Namen

»Schmuel«: klassischer jüdischer Name

me ist, gehört »Bruno« zu den alten deutschen Namen. Bemerkenswert hieran ist, dass Bruno offenbar nicht erkennt, dass es sich bei »Schmuel« um einen klassischen jüdischen Namen handelt[21] – und das, obwohl die Ausgrenzung jüdischer Menschen im Dritten Reich auch über die Namen geschah.[22] Brunos Unkenntnis ist damit zum einen wieder ein unrealistisches oder besser: ahistorisches Element im Roman, zum anderen verdeutlicht sie natürlich auch seine kindliche Unvoreingenommenheit. Er ist und bleibt auch in symbolischer Hinsicht auf Augenhöhe mit Schmuel.

»Bruno«: Fabeltier Bär?

Brunos eigener Name verbindet ihn mit einem Fabeltier – was bei dem Untertitel des Romans nicht fernliegt. Denn der Name »Bruno« geht auf den alten deutschen Namen »Brun« zurück, der wohl »braun« oder »Bär« bedeutete.[23] Die Verbindung zum Bären ist hier durchaus sinnvoll, denn in klassischen Fabeln gilt der Bär als überaus gutmütig, aber auch ein wenig naiv

21 Der Name stammt aus der Bibel – in deutschen Übersetzungen wird er als Samuel wiedergegeben. Vgl. Rosa Kohlheim / Volker Kohlheim (Hrsg.), *Duden. Das große Vornamenlexikon*, Mannheim [u. a.] 1998, S. 246 f.

22 Ab Januar 1939 mussten jüdische Deutsche, sofern sie nicht bereits einen »im deutschen Volk als typisch angesehenen« jüdischen Vornamen trugen (was auf den Namen Schmuel zugetroffen hätte), zusätzlich den Vornamen Israel oder Sara annehmen. Siehe hierzu den *Runderlass des Reichsinnenministeriums* vom 23. 8. 1938: »Richtlinien über die Führung von Vornamen«, § 12. (Online einsehbar unter: de.wikisource.org/wiki/Richtlinien_%C3%BCber_die_F%C3%BChrung_von_Vornamen.)

23 Kohlheim/Kohlheim (s. Anm. 21), S. 73.

und einfältig.[24] Alle diese Eigenschaften passen auch ganz gut zu Bruno.[25]

Darüber hinaus bringen die beiden Namen noch etwas Weiteres zum Vorschein: Während Schmuel davon berichtet, dass sein Name auf seiner Zaunseite wohl »[a]berhunderte« Male vorkommt und er sich wünschte, einen Namen zu haben, »der nur mir gehört«, kennt Bruno keinen Namensvetter und vermutet deshalb, dass er »der Einzige« (S. 137) mit seinem Namen sein könnte. Hier markiert der Text noch einmal symbolisch den fundamentalen Unterschied zwischen den beiden Figuren: Während Schmuel in seinem jungen Leben keine Erfahrungen mehr als Individuum machen darf, sondern immer nur als Teil einer eingesperrten Masse, ist Bruno ein individuelles Leben mit vielen Privilegien vergönnt.

■ Individuum vs. Teil einer Masse

Danach aber wird im Text die Distanz zwischen beiden Figuren rasant abgebaut. Als Erstes entdecken die Jungen, dass sie am selben Tag Geburtstag haben:

■ Gemeinsamkeiten der Jungen

»›Kann sein, dass es auf dieser Zaunseite vielleicht viele Schmuels gibt, aber ich glaube, mir ist noch nie jemand begegnet, der am gleichen Tag geboren ist

■ Gleicher Geburtstag

24 Einen guten Überblick über die Eigenschaften von Fabeltieren bietet etwa: wortwuchs.net/fabeltiere-eigenschaften/.

25 Nicht ganz unwichtig dürfte es in diesem Zusammenhang auch sein, dass braun die Parteifarbe der NSDAP war. – Ein weiterer sprechender, also bedeutungstragender Name im Roman ist natürlich Kotler (Kot), und auch Gretel heißt nicht zufällig so, verweist ihr Name doch auf die Gretchen-Figur aus Goethes »Faust«.

wie ich.‹ ›Wir sind wie Zwillinge‹, sagte Bruno. ›Ein bisschen‹, stimmte Schmuel zu.« (S. 138)

Wissenslücken

Natürlich verkennt Bruno weiterhin radikal Schmuels Lage, denn das einzig Ungerechte, das er an ihrer so unterschiedlichen Situation ausmachen kann, ist die vermeintliche Tatsache, dass Schmuel auf seiner Seite mehr Spielkameraden hat:

> »Ich verstehe nicht, warum ich auf dieser Zaunseite bleiben muss, wo ich niemanden zum Reden und niemanden zum Spielen habe, und du hast viele Freunde und spielst wahrscheinlich jeden Tag stundenlang. Darüber muss ich mit Vater reden.« (S. 139)

Brunos Naivität ist für den Leser an dieser Stelle fast schmerzhaft, denn eigentlich müsste er alleine an der Umgebung erkennen, dass Schmuels Situation in keinerlei Hinsicht beneidenswert ist. Das weiß natürlich auch der jüdische Junge – offenbar aus Taktgefühl widerspricht er Bruno nicht und verlagert das Gespräch auf die Herkunft der beiden. Dabei beweist auch Schmuel eine erstaunliche Wissenslücke: Als Bruno ihm sagt, dass er aus Berlin stamme, weiß Schmuel nicht, in welchem Land die Stadt liegt. Damit werden die beiden Jungen noch etwas weiter angenähert und Brunos Naivität wirkt innerhalb der Geschichte plausibler, denn auch Schmuel scheint mit seinen neun Jahren einiges nicht zu wissen. Für den Leser markiert diese in der Realität sehr unwahrscheinliche Wissenslücke Schmuels erneut, dass es sich um eine fiktionale, märchenhafte Geschichte handelt.

Auch im folgenden Verlauf der Geschichte werden weitere Vergleiche zwischen den beiden Figuren angestellt. Dabei entdecken Schmuel und Bruno im zwölften Kapitel zunächst zwei für sie wesentliche Symbole: nämlich den Davidstern, den Juden als Kennzeichnung tragen mussten, und das Hakenkreuz, das das Symbol der Nationalsozialisten war. Obwohl beide Kinder wissen, dass das jeweilige Zeichen auf ihrer Seite des Zauns u.a. auf Armbinden getragen wird, scheinen sie sich der eigentlichen Funktion der Zeichen nicht recht bewusst zu sein, sie sind sich sogar unsicher, ob es sich nicht um dasselbe Symbol handeln könnte.

Unterschiede

Davidstern und Hakenkreuz

Bruno löst jeden möglichen Gegensatz zwischen den Zeichen auf, indem er seinem Wunsch nach einer beliebigen Armbinde Ausdruck verleiht: »Nur weiß ich nicht, welche mir lieber wäre, deine oder Vaters« (S.158). Zum einen offenbart Bruno damit wieder, wie unwissend er ist, zum anderen macht er aber auch noch einmal deutlich, wie sehr er davon ausgeht, dass Schmuel und er gleich sind und ihr Schicksal prinzipiell austauschbar ist. Das kann die Figur natürlich nur, weil sie so (überzeichnet) unschuldig ist. Auch im sich anschließenden Gespräch, das sich wesentlich um Schmuels grausame Deportationserfahrungen dreht, bemüht sich Bruno immer wieder darum, Gemeinsamkeiten zwischen Schmuel und ihm zu entde-

Brunos Unbedarftheit – Schmuels Reife

cken. Dabei verkennt er radikal, was der andere Junge erlitten hat, er stellt sogar für sich fest: »Er fand alles gar nicht so schrecklich, zumal ihm fast das Gleiche passiert war« (S. 162). Schmuel, der zwar auch nicht weiß, warum ihm das alles zugestoßen ist, muss erkennen, wie weit Bruno mit seinen Einwürfen und Bemerkungen danebenliegt, doch er lässt es seinem neuen Freund durchgehen. Der jüdische Junge scheint zu spüren, wie unbedarft sein Gegenüber ist.

Brunos Empathielosigkeit

In derselben Szene übermannt Schmuel der Hunger – es ist bezeichnend, dass an dieser Stelle die Reflektorfigur im Text gewechselt wird und der Leser einen kurzen Einblick in Schmuels Innenleben gewährt wird: »›Schokolade‹, sagte Schmuel ganz langsam, und dabei lief ihm das Wasser im Mund zusammen. ›Schokolade habe ich nur einmal gegessen.‹ Bruno antwortet auf die Sehnsucht seines Freundes lediglich: »Nur einmal? Ich liebe Schokolade. Ich kann nicht genug davon kriegen, obwohl Mutter sagt, Schokolade ruiniert die Zähne« (S. 163). Schmuel bricht das Gespräch bald darauf ab – ohne Bruno zu verstehen gegeben zu haben, wie sehr ihn dieser mit solchen unbedachten Äußerungen quält. Auch der Leser dürfte sich wegen dieser Insensibilität von Bruno distanzieren. Bei allem Verständnis für Brunos Unverdorbenheit fragt man sich, warum er zugleich so empathielos ist. Normalerweise lernen Kinder bereits im Alter von etwa zwei Jahren, sich in andere Menschen hineinzuversetzen. Voraussetzung dafür ist aber, dass sie sich selbst auch als eigenständige Person wahrnehmen können (ein Anzeichen dafür ist etwa, dass sie sich z. B. im Spiegel erkennen) und dass sie in der Erziehung entsprechende Werte vorgelebt bekommen.

Auch wenn diese radikale Empathielosigkeit Brunos wie so vieles andere im Roman symbolisch überzeichnet ist, so wird durch diese Verhaltensweise indirekt eine Anklage an die Erwachsenen gerichtet. Sie sind nicht nur für die Zäune auf dieser Welt verantwortlich, sondern auch solche schlechte Vorbilder, dass selbst gutherzigen Kindern der Weg zur Mitmenschlichkeit erschwert wird.

Spuren der Ideologie bei Bruno

So zeigt sich im Gespräch zwischen den beiden Jungen auch, dass die ideologische Erziehung doch nicht ganz spurlos an Bruno vorübergegangen ist – wenngleich er sie auch hinterfragt. Als Schmuel nämlich erklärt, dass er aus Polen kommt, reagiert Bruno mit der Aussage, dass das Land »nicht so schön wie Deutschland« sei, »weil Deutschland das größte aller Länder ist [...]. Wir sind überlegen« (S. 140).

Brunos Entwicklung

Doch Bruno wird sich durch seine Freundschaft mit Schmuel verändern und deutlich jene prinzipiell guten Anlagen weiterentwickeln, die in seinem vom Vater dominierten Elternhaus nicht geschätzt werden. Er wird lernen zu teilen, Verantwortung zu übernehmen und Solidarität zu üben. Schmuel fordert all dies nicht ein, sondern ist ihm einfach ein freundlicher und aufgeschlossener Freund, der ihm auch einen fast tödlich endenden Verrat nicht nachhaltig verübelt. Bruno selbst ist über seine eigene Treulosigkeit in dieser Situation so sehr erschüttert, dass er bereit ist, für seinen Freund Schmuel auf die andere Seite des Zaunes zu gehen.

Brunos Verrat

Dem Verrat an Schmuel vorausgegangen war für Bruno eine schlimme Szene, in der er die fast grenzenlose Gewalt von Oberleutnant Kotler beobachten musste: Nachdem Pavel, ein als Diener im Haus des Kommandanten arbeitender Lagerhäftling, aus Versehen Wein auf Kotler schüttete, fiel dieser ihn wie besinnungslos an (vgl. S. 185). Ob er ihn dabei tötete, lässt die Erzählung offen, unwahrscheinlich ist dies aber nicht. Kotler, der gerade einmal 19 Jahre alt ist, war kurz davor von Brunos Vater gedemütigt worden und richtete deshalb seine ganze Wut gegen den hilflosen Pavel. Aus dieser Szene zieht Bruno den zunächst für sich naheliegenden Schluss:

> »Wenn solche Dinge in Aus-Wisch passierten, sollte er besser nichts und niemandem widersprechen; im Gegenteil, er würde gut daran tun, den Mund zu halten und kein Durcheinander zu stiften, denn es gab Leute, denen das missfallen könnte.« (S. 186)

Schmuel wird diese falsche Schlussfolgerung Brunos fast das Leben kosten: Während er in der Küche des Kommandanten Hilfsdienste verrichtet, isst er Hühnchenscheiben, die ihm Bruno gegeben hat. Als Kotler Schmuel dabei erwischt, verleugnet Bruno seinen Freund aus Angst, statt ihm zu helfen:

> »Er [Bruno] hasste Oberleutnant Kotler, aber der kam jetzt auf ihn zu, und Bruno konnte nur noch an den Nachmittag denken, als er ihn den Hund hatte erschießen sehen, und an den Abend, als er sich so über Pavel geärgert hatte, dass er … […] ›Ich habe nicht mit ihm [Schmuel] gesprochen‹, sagte Bruno. ›Ich habe ihn noch nie im Leben gesehen. Ich kenne ihn nicht‹.« (S. 214)

Schmuel widerspricht Bruno nicht, er lässt den Verrat geschehen und weiß, was auf ihn zukommt. Auch Bruno realisiert sofort, was er getan hat: »Noch nie im Leben hatte er sich so geschämt; nie hätte er geglaubt, dass er sich so gemein verhalten könnte. Er überlegte, wie ein Junge, der sich für einen guten Menschen hielt, dermaßen feige einem Freund gegenüber sein konnte« (S. 215 f.).

Sieben Tage muss Bruno daraufhin warten, bis er Schmuel wieder an der gewohnten Stelle am Zaun antrifft; voller Reue entschuldigt er sich für sein Versagen. Es bleibt dabei aber fast schon unverständlich, warum er die Verletzungen Schmuels nicht auf die Misshandlung durch Kotler zurückführt, sondern von einem Fahrradunfall plappert und wiederum unpassende Parallelen zu seinem eigenen Leben zieht. Wichtig aber bleibt, dass Bruno Verantwortung für seinen Verrat an Schmuel übernimmt und zugibt, Scham vor sich selber zu empfinden. Für Schmuel ist dieses Eingeständnis seines deutschen, unbedarften Freundes offenbar im wahrsten Sinne des Wortes ein

Brunos Reue

Durchbruch – auch symbolisch hebt er daraufhin den Zaun an und reicht Bruno die Hand: »Es war das erste Mal, dass sie sich berührten« (S. 218).

Bruno nähert sich der Wahrheit

Für Bruno beschleunigt sich von nun an seine Annäherung an die Wahrheit. In einem Gespräch mit seiner Schwester Gretel versteht er erstmals das Wort »Juden«[26]:

> »›Juden‹, sagte Bruno vorsichtig. Ihm gefiel das Wort ganz gut. ›Juden‹, wiederholte er. ›Alle Leute auf der anderen Zaunseite sind Juden. […] Sind wir auch Juden?‹ Gretel fiel die Kinnlade runter, als hätte sie eine Ohrfeige bekommen. ›Nein, Bruno‹, sagte sie. ›Nein, das sind wir ganz bestimmt nicht. […] ›Wir sind das Gegenteil‹.« (S. 226 f.)

So unrealistisch und absurd diese Unterhaltung auch anmuten mag, sie legt trotzdem offen, wie willkürlich die Unterscheidung zwischen »Juden« auf der einen Seite und dem »Gegenteil« auf der anderen ist.

Überwindung des Zaunes

Und sie macht Bruno klar, dass eine Überwindung des Zaunes tatsächlich viel bedeutsamer ist, als es ihm wohl vorher erschienen sein mochte: Nur so kann er

26 Bruno ist zu diesem Zeitpunkt zehn Jahre alt und müsste – hätte er tatsächlich im Dritten Reich gelebt – als Pimpf (jüngstes Mitglied einer Jugendbewegung) in die Hitler-Jugend aufgenommen werden. Es ist – das sei noch einmal betont – völlig unrealistisch, dass ein zehnjähriger Junge im Dritten Reich nicht wusste, was ein Jude ist. Diese Erkenntnis ist hier also erneut nur symbolisch zu verstehen und nur innerhalb des Romans plausibel.

die (symbolische) Distanz zwischen Schmuel und sich überwinden. Dazu erhält er dann auch bald die Gelegenheit.

Das Ende der Geschichte

Bruno soll »Aus-Wisch« verlassen

Als Bruno erfährt, dass er »Aus-Wisch« verlassen muss, trifft er eine folgenreiche Entscheidung: Um sich von Schmuel zu verabschieden und um ihm bei der Suche nach seinem verschwundenen Vater zu helfen – der Leser ahnt natürlich dessen Schicksal –, zieht er sich an seinem letzten Tag einen von Schmuel mitgebrachten Häftlingsanzug über und kriecht unter dem Zaun hindurch auf die andere Seite. Wieder wechselt die Erzählinstanz kurzzeitig die Reflektorfigur, um diesen bedeutenden Moment zu markieren: »Es war fast (dachte Schmuel), als wären sie alle gleich« (S. 253).

Beide Jungen sind glücklich wegen der Solidarität des jeweils anderen und würden sich gerne umarmen, unterlassen es aber aus Scham (vgl. S. 255). Kurz davor wird der aufmerksame Leser aber eine Vorausdeutung im Text bemerkt haben, die auf das tragische Ende der Jungen hinweist: Bruno fühlt sich von der Situation ausgerechnet an seine Großmutter erinnert, und zwar »[d]ie, die gestorben ist« (S. 253). Ab jetzt ist der Weg für die beiden Figuren vorgezeichnet: Sie geraten in eine Selektion im Lager und werden durch den plötzlich wieder einsetzenden Regen von Soldaten offenbar in eine Gaskammer getrieben. Beide verstehen nicht, wo sie sich befinden; als die Tür geschlossen

Vorausdeutung auf das Unglück

Selektion

Abb. 6: Szene aus dem Film *Der Junge im gestreiften Pyjama* (2008), Regie: Mark Herman. Bruno und Schmuel stehen in Sträflingskleidung auf derselben Zaunseite – © Miramax

wird, vermutet Bruno noch, dass »es wohl damit zu tun hatte, den Regen nicht hereinzulassen und die Menschen vor einer Erkältung zu schützen« (S. 263).

Ewige Freundschaft

Bevor die Szene abblendet, kann Bruno Schmuel noch sagen, dass er sein bester Freund sei – und zwar »für immer«. Der Leser weiß, wie recht Bruno damit haben wird. Dem Rezipienten bleibt als letztes Bild, wie sich die beiden Kinder an den Händen halten und Bruno sich sicher ist, dass »ihn nichts auf der Welt dazu bewegen konnte, sie [Schmuels Hand] loszulassen« (S. 263).

Letztes Kapitel: auktorialer Erzähler

Das letzte Kapitel, das aus auktorialer Perspektive vermittelt wird,[27] fasst kurz zusammen, wie (wahr-

27 Es werden nun die Bewusstseinsinhalte von Brunos Familie vermittelt. Dieser Wechsel der Perspektive ist im Roman-

scheinlich nicht nur) Brunos Vater nach geraumer Zeit realisiert, was geschehen sein muss, und wie er an dieser Erkenntnis zerbricht. Zum Schluss wird er selbst verhaftet und aus »Aus-Wisch« weggebracht.

Widerspruch: Paratext – Erzählung

Der Roman endet mit folgender Passage: »Natürlich geschah dies alles vor langer Zeit, und etwas Ähnliches könnte nie wieder passieren. Nicht in diesen Tagen. Nicht in diesem Zeitalter« (S. 266). Diese Äußerung gerät inhaltlich deutlich in Konflikt mit der paratextuellen Aussage im Klappentext: »Zäune wie dieser existieren auf der ganzen Welt« (S. 2). Und im Nachwort betont der Autor John Boyne erneut: »Auch heute gibt es noch Zäune wie den, der im Zentrum von *Der Junge im gestreiften Pyjama* steht; es ist unwahrscheinlich, dass sie jemals ganz verschwinden werden« (S. 270).[28] Diese Widersprüche zwischen paratextueller Rahmung auf der einen Seite und den Aussagen im eigentlichen Romantext markieren abermals den deutlichen Unterschied zwischen Fiktion und Realität. Zudem wird der Leser am Schluss der Geschichte nicht einfach aus dem Text entlassen, sondern durch die gegenteiligen paratextuellen Äu-

kontext logisch, denn mit Bruno und Schmuel sind die beiden wichtigsten Reflektorfiguren tot.

28 Im Nachwort spricht Boyne das einzige Mal vom Holocaust und der Problematik, von diesem zu erzählen. Auch hier verweist er darauf, dass er keine historischen Fakten in seiner fiktionalen, im Wortsinne ›fabel-haften‹ Geschichte vermitteln, sondern »innerhalb dieser Landschaft des Grauens möglichst viel emotionale Wahrheit […] zeigen« (S. 269) will.

ßerungen implizit dazu aufgefordert, gerade das Ende noch einmal zu reflektieren. Und in der Tat gibt es da einiges, was man zumindest diskutieren könnte – auch im Hinblick auf die Botschaft, die der Text als Ganzes sendet:

■ Zentrales Motiv: Freundschaft

Auch in der hier vorliegenden Interpretation wurde herausgearbeitet, wie sehr Bruno an der Freundschaft wächst, wie sehr er sich entwickelt. Zwar verliert er bis zum Schluss nicht seine Naivität, aber er hat doch gelernt, empathisch zu sein, sich zu seinem Freund zu bekennen und auch ein Risiko für ihn in Kauf zu nehmen. Doch »belohnt« wird er für diese Entwicklung letztlich nicht: Er muss mit seinem Freund auf grausame Art und Weise sterben (auch wenn das im Roman nicht explizit erzählt wird). Das erscheint zwar als ungerecht, doch wäre ein Happy End kaum möglich gewesen: Der Roman spielt schließlich in einem Konzentrations- und Vernichtungslager, auch wenn John Boyne viel dafür tut, dass man das Lager nicht mit einer der realen Mordstätten verwechselt.

■ Moral der Geschichte

Der Autor will, wie mehrfach betont, eine Fabel erzählen, eine Geschichte mit einer Lehre am Ende. Macht man sich diesen Anspruch klar, versteht man, warum an einem solchen Ort auch in der Fiktion kein glückliches Ende möglich ist: Der Tod ist hier normal, nicht das Überleben; dieser Tatsache muss der Leser ins Auge sehen, um aus ihr zu lernen.

Da Bruno sich nicht hat ideologisieren und sich nicht vom Hass der Erwachsenen hat anstecken lassen, gerät er symbolisch und auch tatsächlich auf die andere Seite des Zaunes: Sein Bekenntnis zu Schmuel, seine Weigerung, in seinem Freund etwas anderes zu sehen als den Mitmenschen, lässt auch ihn zum Opfer werden. Denn Hass, Ideologie und Rassismus – so könnte man zusammenfassen – zerstören am Ende alle, nicht einmal die Täter können entkommen, wie sich hier am Beispiel des SS-Offizierssohns Bruno zeigt.

Zerstörung durch Hass, Ideologie, Rassismus

Damit appelliert der Roman implizit, ohne dass er es aussprechen muss, an die Leser, die vielen Zäune auf der Welt einzureißen und denjenigen Menschen rechtzeitig und entschieden entgegenzutreten, die behaupten, es gebe »die anderen« und »uns« und wir stünden uns unversöhnlich gegenüber. Sonst kann man diese Menschen irgendwann nicht mehr aufhalten und entsetzlichste Dinge passieren.

Appell an Leser

Das ist sicher eine starke Botschaft, die den Roman wertvoll macht und seine Lektüre sinnvoll. Allerdings sollte man nicht übersehen, dass diese symbolische Erzählung v. a. durch ihr Ende auch nicht unproblematisch ist.

Zu hinterfragen ist beispielsweise, wem am Ende – außer Schmuel und Bruno – das Mitleid des Lesers gilt: Ganz offensichtlich auch dem verzweifelten Vater, der seinen Sohn verloren hat. Damit aber hat man Mitleid mit einem grausamen Täter, der als Kommandant eine wesentliche Verantwortung trägt für die Morde in den Gaskammern und die vielen Toten. Diese problematische »poetische Gerechtigkeit«, die darin besteht, dass er nun selbst einen geliebten Men-

■ »Poetische Gerechtigkeit« = problematisch

■ Schuld des Vaters?

schen als Strafe verloren hat, könnte dazu führen, dass seine Schuld am Tod so vieler anderer Menschen minimiert wird bzw. aus dem Blick gerät.

Überhaupt fragt der Roman wenig nach der konkreten Schuld dieses Vaters, der ein KZ kommandiert: Er mag als ein unfreundlicher Mann im Roman erscheinen, ein zu strenger Vater, der auch keine Empathie vermittelt, aber letztlich ist er in der Geschichte mehr oder weniger auch ein Opfer der Umstände: Es ist der »Furor«, der ihn nach »Aus-Wisch« entsendet – er folgt diesem Befehl v. a. aus Karrieregründen, nicht aus echter Überzeugung (»… keine Wahl, zumindest nicht, wenn wir weiterhin …«, S. 154). Hier entfernt sich der Roman vielleicht am deutlichsten von der historischen Wirklichkeit und Wahrheit: Dieser weitgehende moralische Freispruch wäre für einen echten Haupttäter völlig inakzeptabel.

■ Anregung durch Roman

Trotzdem ist dem Roman zuzutrauen, dass er gerade durch das problematische Ende und durch seine vielen Leerstellen die Leser dazu anregt, sich mit authentischer Zeugnisliteratur[29] und damit auch mit echten Opferbiographien (und mit denen von realen Tätern) zu beschäftigen. Er könnte die Leser dazu verleiten, nachzufragen, wie die Geschichte denn wirk-

29 Als Zeugnisliteratur bezeichnet man Texte von Überlebenden / Opfern des Holocaust, die über die tatsächlichen Geschehnisse v. a. in den Konzentrationslagern und den Gettos aufklären wollen.

lich gewesen ist.[30] Wenn der Roman dies schafft, hätte er viel geleistet – und die (bewusst unhistorische) Fabel würde weit über ihre eigenen (und ebenso wichtigen) Gegenstände hinausweisen.

30 Eine gute Sammlung mit Ausschnitten aus Texten über Auschwitz findet sich etwa bei Feuchert (s. Anm. 12).

7. Autor und Zeit

Kurzbiografie

John Boyne wurde am 30. April 1971 in Dublin, Irland, geboren. Er studierte »Englische Literatur« am Dubliner Trinity College sowie »Kreatives Schreiben« an der University of East Anglia in Norwich. Neben seiner Tätigkeit als Schriftsteller ist er Mitglied in den Jurys einiger irischer Literaturpreise und arbeitet außerdem als Rezensent für die Zeitung *The Irish Times*. John Boyne lebt heute in Dublin.

Werktabelle

John Boyne ist ein ungeheuer produktiver Autor, der bereits zahlreiche Romane und eine Reihe von Kurzgeschichten sowie andere kürzere Prosastücke geschrieben hat. Insgesamt wurden seine Werke in über 50 Sprachen übersetzt. Mit *Der Junge im gestreiften Pyjama* gelang ihm 2006 der internationale Durchbruch. Der Roman wurde zu einem Weltbestseller, bislang wurden wohl mehr als neun Millionen Exemplare verkauft, er schaffte es auf die New-York-Times-Bestenliste und führte auch die deutsche Spiegel-Bestsellerliste lange Zeit an. Nachfolgend werden aus Boynes umfangreichem Werk nur die wichtigsten Publikationen aufgeführt:

Abb. 7: Fotografie des Autors John Boyne, aufgenommen in Dublin im Oktober 2010 – © Fotograf: Barry O'Donovan; CC BY-SA 3.0

2000 *The Thief of Time* (Erwachsenenliteratur). Der Roman erzählt die spannende und phantastische Geschichte von Matthieu Zela, der 1758 mit ansehen muss, wie sein Stiefvater seine Mutter umbringt. Irgendwann stellt er fest, dass sein Körper nicht mehr altert: Der Roman begleitet den Protagonisten dann durch zweieinhalb Jahrhunderte und lässt ihn bedeutende Ereignisse der Weltgeschichte miterleben. Boynes erster Roman ist eine beeindruckende Geschichte über Mord, Verrat und Leidenschaft.

2008 *The Second Child* (Novelle). Boyne beginnt im Jahr 2008 neben Romanen auch kürzere Prosastücke zu schreiben. Als Erstes wird diese ergreifende Novelle veröffentlicht. Alison stellt ihren Eltern ihren neuen Freund, einen bekannten Schauspieler, vor, doch die Reaktionen sind ernüchternd. Die Novelle erzählt die Geschichte einer Liebe, die von den Eltern des Mädchens nicht akzeptiert wird.

2008 *Mutiny on the Bounty* (dt. *Der Schiffsjunge – die wahre Geschichte der Meuterei auf der Bounty*, 2011; Kinder- und Jugendliteratur). *Der Schiffsjunge* ist eine neue Version der wohl berühmtesten Meuterei der Geschichte. Die Abenteuergeschichte, erzählt aus der Perspektive eines jungen Besatzungsmitglieds, fragt nach der Bedeutung von Wahrheit, Lüge und Schein: Der 14-jährige John Jacob wird eines Tages bei ›Gaunereien‹ erwischt und muss, statt ins Gefängnis, auf die Bounty. Ein Abenteuer in der Südsee beginnt … In Rezensionen sprachen Kritiker häufig von einem Jugend- und Bildungsroman, der mit vielschichtigen Charakteren und unvorhergesehenen Ereignissen überrasche.

2009 *The House of Special Purpose* (dt. *Das Haus zur besonderen Verwendung*, 2009; Erwachsenenliteratur). Auch in diesem Roman stellt Boyne Bezüge zur ›großen‹ Geschichte her. Georgi, ein 16-jähriger Bauernsohn, verhindert 1915 in

Russland ein Attentat auf die Zarenfamilie und wird daraufhin nach Sankt Petersburg gebracht, wo er zum Leibwächter des Sohnes des Zaren ernannt wird. Georgi verliebt sich, trotz aller Verbote, in die Zarentochter Anastasia. Eine Liebesgeschichte entwickelt sich, doch Russland steht kurz vor der Oktoberrevolution. Das Volk erhebt sich gegen den Zaren und Anastasia wird an einen geheimen Ort gebracht: in ein »Haus zur besonderen Verwendung«.

2010 *Noah Barleywater Runs Away* (*Der Junge mit dem Herz aus Holz*, 2012; Kinder- und Jugendliteratur). Um vor seinen Problemen zu fliehen, rennt der achtjährige Noah davon und kommt plötzlich zu einem Spielzeugladen. Dort trifft er auf einen ganz besonderen Menschen: Einen Spielzeughersteller, der ihm eine Geschichte erzählt und Noah mit auf eine Reise nimmt, die sein Leben verändert. Boyne schreibt hier einen Roman für Kinder und Jugendliche, in dem es um Abenteuer, um Wunder und um gebrochene Versprechen geht.

2011 *The Absolutist* (dt. *Das späte Geständnis des Tristan Sadler*, 2012; Erwachsenenliteratur). Tristan Sadler begibt sich nach dem Ersten Weltkrieg im Jahr 1919 auf den Weg nach Norwich, um dort Marian Bancroft, die Schwester seines toten Kameraden Will, zu treffen und ihr die Briefe ihres verstorbenen Bruders zu geben. Der Protagonist muss sich mit der eigenen Schuld, moralischem Versagen und mit den Folgen des Krieges auseinandersetzen. Seine Freundschaft zu Will war auf grausame Weise zerbrochen, nicht zuletzt aufgrund des Drucks in der Gruppe, der Ablehnung von Andersartigkeit und der enormen Brutalität des Krieges. Der Protagonist wird bis zum Ende mit seiner eigenen Feigheit und seiner Schuld im Krieg konfrontiert. Boyne setzt auch in diesem Roman auf unbequeme moralische Fragen, die den Leser vor einige Herausforderungen stellen.

2012 *The Terrible Thing That Happened To Barnaby Brocket* (dt. *Die unglaublichen Abenteuer des Barnaby Brocket*, 2013, Kinder- und Jugendliteratur). Dieses Werk John Boynes besitzt – wie *The Thief of Time* – eine gewisse Sonderstellung, da es sich hierbei um eine phantastische Parabel handelt. Barnaby lebt in einer ganz normalen Familie. Er selbst ist jedoch anders, denn er hat eine besondere Begabung: Er kann schweben. Boyne schildert hier die abenteuerliche Geschichte eines Jungen, der durch die Lüfte schwebt und seine Andersartigkeit immer mehr zu schätzen lernt.

2013 *Stay where you are and then leave* (dt. *So fern wie nah*, 2014; Kinder- und Jugendliteratur). Nach dem Roman *Das späte Geständnis des Tristan Sadler* thematisiert Boyne zwei Jahre später in einem weiteren Werk den Ersten Weltkrieg. Mit fünf Jahren erfährt Alfie, dass sein Vater in den Ersten Weltkrieg ziehen muss. In der Folge denkt er lange, dass er seinen Vater nie wiedersehen wird. Doch als der Krieg vorbei ist, erfährt er, dass sich sein Vater in einer Klinik für traumatisierte Soldaten befindet, und entschließt sich, ihn zurück in die Familie zu holen. Es ist erneut ein Roman, in dem Boyne den Krieg und seine Folgen aus der Sicht eines Kindes erzählt.

2015 *The Boy at the Top of the Mountain* (Kinder- und Jugendliteratur). Neun Jahre nach seinem Bestseller *Der Junge im gestreiften Pyjama* schreibt Boyne einen weiteren Roman, der in der Zeit des Nationalsozialismus spielt. *Der Junge auf dem Berg* (dt. 2017) ist eine Parabel über ein Kind, das unter dem Einfluss von Hitler selbst zum Nationalsozialisten wird.

2017 *The Heart's Invisible Furies* (dt. *Cyril Avery*, 2018; Erwachsenenliteratur). In diesem Roman erzählt Boyne den Lebensweg eines Jungen, der als uneheliches Kind in den 1940er Jahren in Irland aufwächst und stetig auf der Suche nach sich selbst und einer richtigen Heimat ist. Es ist eine dichte Erzählung über eine Gesellschaft, die unter den Moralvorstellungen der katholischen Kirche fast zusammenbricht.

2018 *A Ladder to the Sky* (Erwachsenenliteratur). Boynes bisher letzter Roman handelt von einem Schriftsteller namens Maurice Swift, der die Geschichten anderer stiehlt, um damit sein Geld zu verdienen. Die Erzählung zeigt, wie schnell man in der Welt vorankommt, wenn man bereit ist, seine eigene Seele zu verkaufen.

Einordnung des Romans in das Gesamtwerk des Autors

■ Erwachsenen- und Kinder/Jugendliteratur

John Boyne publizierte bislang elf Romane für Erwachsene und fünf Werke, die ausdrücklich an Kinder und Jugendliche gerichtet sind. Allerdings sind diese ebenso für Erwachsene lesenswert – und finden auch tatsächlich unter diesen zahlreiche Leser, wie nicht zuletzt *Der Junge im gestreiften Pyjama* eindrücklich bewiesen hat.

■ Geschichte und Gegenwart Irlands

Seine irische Herkunft spielt in vielen Werken Boynes eine wichtige Rolle. Immer wieder setzt er sich mit der – u. a. von der katholischen Kirche maßgeblich geprägten – Geschichte und der Gegenwart seines Landes kritisch auseinander. Zeitlich einzuordnen sind seine Romane zwischen dem 18. Jahrhundert und der unmittelbaren Gegenwart. Dabei interessieren Boyne v. a. der Erste und der Zweite Weltkrieg – gleich vier seiner Werke sind diesen Ereignissen und ihren Folgen gewidmet.

■ Historische Ausnahmesituationen

Die Figuren in Boynes Werken, die oftmals eigentlich nicht zu Helden taugen, geraten immer wieder mit der ›großen Geschichte‹ in Konflikt und müssen sich in (historischen) Ausnahmesituationen bewähren. Weil die Figuren oft so ›normal‹ sind, wird sich auch der Leser immer wieder in den Romanen die Frage stellen: Wie hätte ich mich wohl verhalten? Wiederkehrende Motive in Boynes Geschichten sind Freundschaft, Loyalität und Moral.

Der Junge auf dem Berg

Neun Jahre nach seinem Bestseller *Der Junge im gestreiften Pyjama* veröffentlichte Boyne mit *Der Junge auf dem Berg* einen weiteren Roman zum Nationalsozialismus, der in mehrfacher Hinsicht Bezüge zu *Der Junge im gestreiften Pyjama* herstellt. Der Roman könnte sogar als eine Art »literarischer Gegenschuss« bezeichnet werden, da er ebenso von der Entwicklung eines Jungen während des Nationalsozialismus erzählt, die aber gegensätzlich zu Brunos Werdegang verläuft.

Bezug zu *Der Junge im gestreiften Pyjama*

In einer Vorabausgabe von *Der Junge auf dem Berg* verweist John Boyne in einem Vorwort auf *Der Junge im gestreiften Pyjama*: Habe er in seinem ersten Roman über den Zweiten Weltkrieg auch der Hoffnung Ausdruck verliehen, solcherart Hass, Vorurteile und Diskriminierung seien Erscheinungen der Vergangenheit, hätten ihn aktuelle Ereignisse eines Besseren belehrt, schreibt der Autor im Vorwort. Deshalb erzähle er ein weiteres Mal von dieser Zeit und davon, »wie leicht es doch ist, verdorben zu werden, sich mitschuldig zu machen, dem Bösen tatenlos zuzusehen.«[31]

Im Romantext begegnen dem Leser zudem be-

31 *Der Junge auf dem Berg. Leseexemplar für Buchhändler und Journalisten.* Frankfurt 2017, S. 6.

kannte Figuren aus der ersten »Junge«-Erzählung: Bruno huscht mit seiner Schwester und seiner Mutter durch das Bild, sein Vater, der spätere KZ-Kommandant, hat sogar mehrere Auftritte. Und doch ist die neue Geschichte deutlich anders angelegt: Sie wird nicht als Fabel im Untertitel gekennzeichnet, sondern als Roman. Das weist das Geschehen zwar einerseits wieder als fiktiv aus, aber durch einen weiteren Hinweis, der sich über dem Impressum befindet und besagt, dass das Werk teilweise auf Tatsachen basiere, wird die Verbindung zu den historischen Ereignissen andererseits deutlich gestärkt.

■ Basierend auf realer Historie

Im Mittelpunkt der Geschichte des *Junge[n] auf dem Berg* steht der halbfranzösische Waise Pierrot, der von seiner Tante 1936 nach Deutschland geholt wird, wo diese als Angestellte auf der Sommerresidenz Adolf Hitlers arbeitet. Pierrot, der sich bald Peter nennt, gerät in den Bann des »Führers«. Zunehmend entwickelt sich der anfangs noch sympathische Protagonist zu einem mörderisch gefährlichen Scheusal. In seiner jugendlichen Selbstgerechtigkeit begeht er mehrfach entsetzlichen Verrat und steht deshalb am Kriegsende alleine und voller Schuld da. Der Roman kann in verschiedener Hinsicht überzeugen: Beispielsweise wird Hitler als Figur notwendigerweise stark vereinfacht, dennoch entwirft Boyne einen im Erzählkontext glaubwürdigen Charakter, der zwar charismatisch wirkt, aber immer wieder zeigt, wie wenig er zur Empathie fähig ist. Genau diesem Vor-

■ Junge gerät in Hitlers Bann

bild wird Pierrot folgen und erst (zu) spät erkennen, was wahre Werte sind.

Historisch ist der Roman insgesamt deutlich genauer als *Der Junge im gestreiften Pyjama*: Immer wieder werden verbürgte Episoden in die Geschichte eingewoben, wie der Besuch des Herzogs von Windsor und Wallis Simpson auf dem Berghof[32], doch manches Mal wirken diese historischen Anbindungen auch etwas bemüht. Ihre Stärken hat auch diese Erzählung nicht in einer vermeintlichen geschichtlichen Genauigkeit, sondern in den moralischen Fragen, die sie – ganz wie *Der Junge im gestreiften Pyjama* – aufwirft.

Moralische Fragen

32 Der Herzog von Windsor war einmal der britische König Edward VIII., der aber abdanken musste, weil er eine bereits geschiedene Frau, Wallis Simpson, heiraten wollte. Der Herzog stand den Nationalsozialisten positiv gegenüber, weshalb er Adolf Hitler auch besuchte.

8. Rezeption

Der Roman *Der Junge im gestreiften Pyjama* wurde gleich nach seiner englischsprachigen Publikation im Jahre 2006 breit rezipiert; auch die ein Jahr später erfolgte deutsche Übersetzung von Brigitte Jakobeit wurde sehr beachtet.

Boynes Erzählung *Der Junge im gestreiften Pyjama* wurde vielfach positiv bewertet und für seine außergewöhnliche Perspektive gelobt. Das Buch erreichte Platz 1 der Bestsellerlisten in Deutschland, den USA, im Vereinigten Königreich, Irland und Australien und erhielt neben dem »Irish Book Award« im Jahr 2009 die »Young Readers Choice Awards« (USA/Kanada) für die Klassenstufen sieben bis neun[33]. Mittlerweile ist der Roman in 46 Sprachen übersetzt worden und zudem eine weit verbreitete Schullektüre.

Positive Kritiken

Boyne sei mit seinem Roman »eine Art minimalistischer Geniestreich gelungen«, schrieb die *Frankfurter Allgemeine Zeitung* in einer sehr positiven Besprechung (21.7.2007). Der Autor lote aus, ob und wie über etwas, das eigentlich nicht in Worte zu fassen sei, doch geschrieben werden könne: »Die literarische Meisterschaft Boynes zeigt sich an der Konsequenz, mit der er die Geschichte aus Brunos Perspektive er-

■ Annäherung an ein Tabuthema

33 Vgl. https://pnla.org/yrca-two-division-winners-2000-2017/.

zählt. [...] So wird der größtmögliche Schrecken mit bestmöglicher Sanftheit beschrieben.«[34]

Auch in einer australischen Rezension des Kritikers Ed Wright wird das Buch unmittelbar nach Erscheinen der englischen Originalausgabe als »elegant erzählte Geschichte mit emotionaler Wirkung« gelobt und das Ende als »grotesk klug im wahrlich märchenhaften Stil« bezeichnet.[35] Und für Nicholas Tucker vom *Independent* (13.1.2006) ist der Roman »gleichermaßen Parabel wie eine realistische Geschichte« und damit »eine schöne Ergänzung zu einem historischen Bereich, der einst ein Tabuthema war«.[36]

Kathryn Hughes von der britischen Tageszeitung *The Guardian* (21.1.2006) äußert ebenfalls großes Lob und betont die Wichtigkeit, über dieses Thema zu erzählen:

34 Vgl. Wilfried von Bredows Artikel »Hinter dem hohen Zaun« online unter: www.faz.net/aktuell/feuilleton/buecher/rezensionen/kinderbuch/hinter-dem-hohen-zaun-1465159.html.

35 Vgl. Wrights Artikel »The Boy in the Striped Pyjamas«, in: *The Age* (3.1.2006) online unter: www.theage.com.au/news/book-reviews/the-boy-in-the-striped-pyjamas/2006/01/03/1136050420787.html. Die englischen Rezensionen wurden von den Autoren des vorliegenden Lektüreschlüssels übersetzt.

36 Vgl. Tuckers Artikel »The Boy in the Striped Pyjamas, by John Boyne« online unter: www.independent.co.uk/arts-entertainment/books/reviews/the-boy-in-the-striped-pyjamas-by-john-boyne-6111909.html.

> »Die Szene am Ende des Buches, in der Bruno und Schmuel Hand in Hand in die Gaskammer gehen, zeigt die beiden Jungen nicht als narrative Symbole, sondern als Kinder aus Fleisch und Blut, gefangen in einem besonderen historischen Moment, von dem man nicht oft genug und nicht zu früh erzählen kann.«[37]

Kathryn Hughes zieht eine Parallele zwischen Bruno und einer deutschen Generation, die die Augen vor dem verschlossen habe, was während des Krieges passierte. Brunos Unschuld steht in ihren Augen für die »willentliche Verweigerung aller erwachsener Deutschen, zu sehen, was in der ersten Hälfte der 1940er Jahre direkt vor ihren Nasen geschehen ist«. Für die jüngeren Leser werde die »langsame Enthüllung von Details zu einer ›Erziehung in Echtzeit‹«.

Brunos Naivität = Wegsehen?

Neben zahlreichen Artikeln in Zeitungen wurde Boyne zunehmend auch im schulischen Kontext als Lektüre eingesetzt, und so entstand eine Reihe von Unterrichtsmaterialien, die das Werk bereits ab Klasse sieben oder acht für den Unterricht empfehlen.

Schullektüre

Entsprechend wird im *Unterrichtsmodell EinFach Deutsch* bereits in den Vorüberlegungen zum Roman die »ungewohnt naive« und »damit auch unvoreingenommene« Erzählperspektive des neunjährigen Bruno als besonders wirksam eingeschätzt, damit Schüler

37 Vgl. Hughes' Artikel »Educating Bruno« online unter: www.theguardian.com/books/2006/jan/21/featuresreviews.guardianreview18.

einen neuen Blick auf die komplexe Thematik des Holocaust entwickeln könnten: »Gerade Schüler der oben genannten Altersstufen sind in der Regel noch offen für die Thematik und in den jüngeren Klassen noch weitgehend unwissend, was die genauen historischen Hintergründe betrifft.«[38]

Auch weitere Unterrichtsmaterialien empfehlen den Roman für die gleichen Altersstufen und verstehen sein Potenzial in der außergewöhnlichen Herangehensweise an das Geschehen sowie in den vielen Leerstellen in der Handlung. Vielfach sehen die Lektürehilfen die Möglichkeit, mit dem Roman historisches und literarisches Lernen zu verknüpfen. In diesen Werken bleibt allerdings oft unbeachtet, dass es eines großen Vorwissens bei den Schülerinnen und Schülern bedarf, um die Sachverhalte richtig einordnen zu können und keine falschen Schlüsse zu ziehen.

Negative Kritiken

Boyne nennt seinen Roman – wie in diesem Lektüreschlüssel mehrfach thematisiert wurde – schlicht eine Fabel, womit er sich dem Anspruch auf historische Authentizität eigentlich entzieht. Doch genau an diesem Punkt setzt auch die Kritik am Roman ein.

Keine historische Authentizität

Die *Berliner Zeitung* (10.10.2007) übt nach Erscheinen der deutschen Übersetzung harsche Kritik an der

38 Ingrid Haferkamp / Karin Harnischmacher / Daniela Janke, *John Boyne: Der Junge im gestreiften Pyjama. Klassen 8–10*, Paderborn 2011, S. 15.

Erzählperspektive des Helden von Boynes Werk. Die Rezensentin Cornelia Geissler stellt sich die Frage:

Brunos Unwissenheit

> »[K]onnte man mit neun Jahren damals noch so naiv sein? […] Im Stacheldraht von Auschwitz gab es keine Lücken. Eine Fabel nennt der Autor das Buch. Seine Provokation ist kalkuliert. Auch das verstört.«[39]

Auf die kindliche und naive Perspektive Brunos geht auch Siggi Seuss in *Die Zeit* (37/2007) ein. Das Zurechtbiegen historischer Tatsachen und Brunos Persönlichkeit, die in vielerlei Hinsicht entwicklungsgehemmt dargestellt werde, irritierten den Leser: »Der Krieg spielt im Universum des Jungen keine Rolle.«[40]

Keine Wissensvermittlung

Anthony Oliver Scott beanstandet in der *New York Times* (12. 11. 2006), dass junge Leser nach der Lektüre »nicht viel mehr über den Massenmord an den europäischen Juden durch die Nazis« wissen werden, dass die Wortspiele »Out-with« (für Auschwitz, in der deutschen Übersetzung »Aus-Wisch«) und »Fury« (für den Führer, deutsch »Furor«) in Brunos Muttersprache, die zwangsläufig Deutsch sein müsse, keinen Sinn ergäben und dass Brunos allgemeine Unwissenheit überzogen wirke.

Die deutlichste Kritik Scotts findet sich jedoch in Bezug auf die Moral am Ende des Buches, die betont,

39 Cornelia Geissler, »John Boynes *Junge im gestreiften Pyjama*: Vom Furor nach Aus-Wisch geschickt«, in: Berliner Zeitung (10. 10. 07).
40 Vgl. Seuss' Artikel »Einfach eine Fabel« online unter: www.zeit.de/2007/37/KJ-Boyne.

dass Zäune wie der zwischen Bruno und Schmuel auch heute noch existierten und wohl niemals gänzlich verschwänden:

> »Ein Aspekt, der die Schrecken geschichtlicher Ereignisse so grausam und es uns so schwer macht, darüber nachzudenken oder zu lesen, ist, dass sie nicht miteinander verglichen werden oder in Fabeln übersetzt werden können. Den Holocaust in ein Sinnbild zu verwandeln, wie Boyne es hier mit völlig wohlwollender Absicht tut, bedeutet, von dessen Realität Abstand zu nehmen.«[41]

Unvergleichbarkeit des Holocaust

Auch der Rabbi Benjamin Blech findet kritische Worte zu Boynes Roman und dessen »Verfälschungen«. Er wirft die Frage auf, wie man mit einem Buch umgehen solle, »das scheinbar zu informieren sucht, während es gleichzeitig unverfroren verfälscht.«[42]

Verfälschung des Holocaust

Blech richtet auch eine Anmerkung direkt an die Leser: »Es gab in Auschwitz keine neunjährigen Jungen – die Nazis haben alle, die nicht arbeitsfähig waren, sofort vergast.« Brunos Unwissenheit über Juden sei absolut unrealistisch.

Vorzugeben, dass Bruno keine Ahnung habe, was in dem Lager passiere, das sein Vater in unmittelbarer Nähe von seinem Zuhause kommandiert, unterstütze

41 Vgl. Scotts Artikel »Something is Happening« online unter: www.nytimes.com/2006/11/12/books/Scott.t.html.

42 Vgl. Blechs Artikel »The Boy in the Striped Pyjamas«, in: *Current Issues* (23. 10. 2008) online unter: www.aish.com/ci/a/48965671.html.

den Mythos, dass alle Menschen, die während des Zweiten Weltkrieges nicht aktiv in die Judenverfolgung involviert waren, keine Schuld trügen. Das Buch nur als »eine Fabel, eine Geschichte« zu bezeichnen, die nicht akkurat den Fakten entsprechen müsse, verfehle in Blechs Augen den Sinn eines solchen Romans:

›Wegsehen‹ wird entschuldigt

> »Also was werden Schülerinnen und Schüler, die dieses Buch lesen, daraus mitnehmen? Die Lager können ja nicht so schlimm gewesen sein, wenn Jungs wie Schmuel, Brunos Freund, frei herumlaufen und heimliche Treffen an einem Zaun haben konnten (der scheinbar nicht elektrisch war).«

Niemand dürfe es wagen, schreibt Rabbi Blech, die Wahrheiten des Holocaust zu verfälschen, ganz gleich wie nobel die Motive seien. Der Holocaust sei schlicht ein zu »grimmiges Thema« für »Grimms Märchen«.

Marja Rauch argumentiert in einem Beitrag für *Erzählende Kinder- und Jugendliteratur im Deutschunterricht*, dass »[m]it der Perspektivierung und der Abweichung von der Historie [...] auch eine Veränderung der Täter- und Opferrollen einher[gehe].«[43] Symbolisch würde dies noch bestärkt werden, wenn Bruno unter dem Zaun durchschlüpft und selbst zum

Veränderung der Täter- und Opferrollen

43 Marja Rauch, »John Boyne: Der Junge im gestreiften Pyjama«, in: *Erzählende Kinder- und Jugendliteratur im Deutschunterricht. Textvorschläge – Didaktik – Methodik*, hrsg. von Kaspar H. Spinner und Jan Standke, Paderborn 2016, S. 31–35, S. 32.

Opfer wird. »Nicht nur Bruno, sondern seine ganze Familie, auch der Vater, erscheinen am Ende als Opfer.«[44] Doch genau dieser Punkt stoße auf harte Kritik, so Marja Rauch. Das Schicksal der deutschen Täter-Familie und der Verlust ihres Sohnes stünden plötzlich im Mittelpunkt der Erzählung und weniger die Geschichte des jüdischen Jungen, der stellvertretend das jüdische Volk repräsentiere. In diesem Zusammenhang stelle sich als Leser die Frage, welche Intention die neuen Definitionen der Täter- und Opferrollen letztendlich haben.[45]

Für die Kritiker scheint folglich die außergewöhnliche Perspektive des Kindes und die mit ihr einhergehende Distanz zur realen Geschichte sowohl die größten Potenziale als auch die größten Probleme von Boynes Werk zu bergen.

Erzählperspektive – Potenzial oder Problem?

So fragt auch Siggi Seuss abschließend in *Die Zeit*, was wichtiger sei, um Heranwachsende für das grauenhafte Geschehen zu sensibilisieren: »Historische Authentizität oder Geschichten, die sich die Freiheit nehmen, Tatsachen zu verändern, nicht zuletzt deshalb, um Kindern Alpträume zu ersparen?« Und in einem Interview antwortet der Autor John Boyne selbst auf eben diese Kritikpunkte an seinem Roman. Er hält Brunos Arglosigkeit und Unkenntnis für »angemessen für die damalige Zeit«, denn: »Als der Krieg

44 Rauch (s. Anm. 43), S. 33.
45 Ebd.

zu Ende war und die Lager befreit wurden, war die Welt schockiert über das, was sie erfuhr.[46]

In diesem Zusammenhang fasst Kirsten Kumschlies zusammen:

> »Wer den Roman mit dem Anspruch an eine realistische Darstellung der Geschichte liest, muss zwangsläufig scheitern. Nicht ohne Grund trägt das Buch den Untertitel ›eine Fabel‹. Hier geht es nicht um eine historisch denkbare Darstellung des Holocaust, denn die allzu naive Weltsicht des Protagonisten verbietet eine solche Leseart.«[47]

Verfilmung

Der gleichnamige **Film**, basierend auf Boynes Roman, kam im September 2008 in die englischen und im Mai 2009 in die deutschen Kinos. Das Drehbuch hierfür schrieb John Boyne gemeinsam mit Mark Herman, der auch Regie führte.

Schonungslos und klischeehaft

Während der Roman sich mit einigen Mitteln von der historischen Realität zu lösen versucht, passiert im Film genau das Gegenteil. So schreibt die *taz* (7. 5. 2009) kurz nach der Veröffentlichung des Films

46 Interview des *teenreads* mit John Boyne (16. 9. 2006). (Online einsehbar unter: www.teenreads.com/authors/john-boyne/news/interview-090906.)

47 Kirsten Kumschlies, *Boyne, John: Der Junge im gestreiften Pyjama*. (Online einsehbar unter: www.kinderundjugendmedien.de/index.php/literaturkritiken/524-boyne-john-der-junge-im-gestreiften-pyjama.)

in den deutschen Kinos, dass der Roman vieles unausgesprochen stehen lasse, wohingegen der Film hochgradig symbolisch aufgeladene Szenen zeige, in denen Hakenkreuze zu sehen seien und Rauchschwaden am Himmel aufstiegen. Der Film setze damit eindeutige Signale, die den Leser auf die Konzentrationslager, Vernichtung und das Grauen aufmerksam machen. Daraus ergebe sich eine merkwürdige Kombination: »Er [Hermans Film] will zeigen und es zugleich unterlassen, den Schrecken der Vernichtung darstellen und sich zugleich in Diskretion üben, das Bilderverbot, das die Schoah umgibt, brechen und zugleich beachten.«[48] Ebenso schreibt Xan Brooks in *The Guardian* (12. 9. 2008), dass der Film zwischen Ausdifferenziertem und Klischeehaftem, Schonungslosem und Sentimentalem schwanke.[49]

Schlussszene: melodramatisch und unwahr

In diesem Zusammenhang wird insbesondere an der melodramatischen Schlussszene in vielen Rezensionen scharfe Kritik geübt, da auch in ihr mit schablonenhaften, teils kitschigen Bildern gearbeitet werde. So schreibt Harald Eggebrecht in der *Süddeutschen Zeitung* (17. 5. 2010):

> »Was in Boynes Roman durch die Vorstellungskraft des jeweiligen Lesers vielleicht funktionieren kann,

48 Vgl. Christina Nords Artikel »Der Rauch und die Schaukel« online unter: www.taz.de/!5163486/.

49 Vgl. Brooks Artikel »The Boy in the Striped Pyjamas« online unter: www.theguardian.com/film/2008/sep/12/drama.family.

verwandelt sich hier in der Konkretion der Bilder ins Konstruierte, Spekulative, Geschmäcklerische und manchmal ins niedlich Banale – mit einem Wort: ins Unwahre.«[50]

Grenzüberschreitung

Die Besprechungen konzentrieren sich folglich auf die Frage, ob der Film sich den Schrecken des Holocaust angemessen nähere. Dabei empfinden viele Kritiker die Verfilmung als Grenzüberschreitung. So auch Andreas Kilb, der in der *Frankfurter Allgemeinen Zeitung* am 6. 5. 2009 schreibt: »Dieser Film ist eine Frechheit. Ein Schlag ins Gesicht für jeden, der geglaubt hat, es gebe eine Grenze beim Umgang des Kinos mit dem Holocaust«. Trotzdem meint Kilb, dass die Geschichte »den Zuschauer wider besseres Wissen berührt.«[51] Besonders harsch fällt die Kritik von Manohla Dargis in der *New York Times* (6. 11. 2008) aus: »Sehen Sie den Holocaust trivialisiert, beschönigt, verkitscht, kommerziell ausgebeutet und gekapert für eine Tragödie über eine Nazi Familie. Oder besser und in aller Aufrichtigkeit: Tun Sie's nicht.«[52]

50 Vgl. Eggebrechts Artikel »Niedlich naiv« online unter: www.sueddeutsche.de/kultur/kino-der-junge-im-gestreiften-pyjama-niedlich-naiv-1.450232.

51 Vgl. Kilbs Artikel »Auschwitz als Fiktion« online unter: www.faz.net/aktuell/feuilleton/kino/video-filmkritiken/video-filmkritik-auschwitz-als-fiktion-der-junge-im-gestreiften-pyjama-1105294.html.

52 Vgl. Dargis' Artikel »Horror Through a Child's Eyes« online unter: www.nytimes.com/2008/11/07/movies/07paja.html.

Auch auf einige Unterschiede zwischen der Romanvorlage und dem Film wird in manchen Rezensionen aufmerksam gemacht. Bruno wird im Film z. B. ein Jahr jünger dargestellt, als er es im Roman ist. Hiermit wird möglicherweise versucht, die Naivität des Protagonisten plausibler zu machen. Die falsche Aussprache von Führer (als ›Furor‹) und Auschwitz (als ›Aus-Wisch‹) kommt im Film nicht vor. Insbesondere die Schlussszene weicht von der Romanvorlage deutlich ab. So wird im Film durch dramatische Musikinszenierung eine Szene nachgespielt, in der die Familie am Zaun steht und bemerkt, dass Bruno auf die andere Seite des Zaunes gelangt ist. Die verfälschte Täter- und Opferperspektive kommt hier deutlich zum Ausdruck, indem die Familie als Opfer inszeniert wird.

■ Unterschied: Roman – Film

Vergleicht man abschließend die Rezeption des Romans und des Films, erkennt man, dass die Kritik am Film erheblich negativer ausfällt, als es beim Roman der Fall ist. Dies ist möglicherweise eine Konsequenz daraus, dass der Film an einigen Stellen klare Parallelen zu Auschwitz und damit zu der historischen Realität herstellt, während die Geschichte im Roman deutlich als eine Fabel gekennzeichnet ist. Da der Film über weniger paratextuelle Möglichkeiten verfügt (vgl. hierzu Kapitel 6), steht er natürlich vor größeren Herausforderungen als der Roman. Obwohl Regisseur Mark Herman auch den eher symbolischen Gehalt der Geschichte betont, erwähnt er ebenso, wie wichtig die Authentizität für ihn bei der Verfilmung des Romans gewesen sei.

■ Rezeption: Roman – Film

9. Wort- und Sacherläuterungen

Die hier aufgelisteten Wort- und Sacherläuterungen beziehen sich auf Begriffe, die im Roman *Der Junge im gestreiften Pyjama* vorkommen.

35,16 **Aus-Wisch:** Wortspiel mit dem Namen des größten Konzentrationslagers der Nationalsozialisten während des Zweiten Weltkriegs: »Auschwitz«. Das reale Lager bestand aus drei Teilen: Dem Stammlager (Auschwitz I), dem Außenlager Birkenau (Auschwitz II – der größte Teil) sowie dem Außenlager Buna-Monowitz (Auschwitz III). Zwischen 1940 und 1945 wurden hier nach Schätzungen über eine Million jüdische Menschen ermordet. Ein Großteil derer, die nach Auschwitz kamen, v. a. Kinder, alte Menschen und alle, die nicht arbeitsfähig waren, wurden unmittelbar nach ihrer Ankunft im Lager in die Gaskammer geschickt. Ein kleiner Teil der Deportierten wurde zur Zwangsarbeit ins Lager aufgenommen und meist zu einem späteren Zeitpunkt vergast. Die Leichen der ermordeten Menschen wurden in Krematorien verbrannt. Allerdings ist das »Aus-Wisch« des Romans nicht mit dem realen Lagerkomplex Auschwitz gleichzusetzen.

46,12 f. **Von Pontius zu Pilatus:** Redensart für »langwierig von einer Stelle zur anderen geschickt werden«, im Kontext: zwischen den Menschen herumgeschubst werden. Die Wendung bezieht sich auf die Passionsgeschichte im Neuen Testament der Bibel, in der Jesus von Pontius Pilatus zu König Herodes und von diesem wieder zurück zu Pilatus geschickt wird.

53,21 **Rotschwarze Flaggen:** Seit 1920 war die Flagge der Nationalsozialisten rot und zeigte ein schwarzes Hakenkreuz vor einem weißen Kreis.

54,15 **Furor:** Wortspiel mit »Führer«: Der Ausdruck wird für Adolf Hitler (1889–1945) verwendet, der ab 1921 Parteiführer der NSDAP war und zwischen 1933 und 1945 als »Reichskanzler« das Deutsche Reich diktatorisch regierte.

56,4 **Züge [...] in Richtung Osten:** Anspielung auf die historische Entwicklung, die nach dem Angriff auf die Sowjetunion im Jahr 1941 einsetzte. Dann begannen die Deutschen nämlich, v. a. Juden, aber auch viele weitere Verfolgte aus Deutschland, Österreich und dem Reichsprotektorat Böhmen und Mähren, nach Osten zu deportieren. Ab Sommer 1941 begann somit bereits eine entscheidende Entwicklung hin zur »Endlösung« in Europa, die im Januar 1942 bei der Wannsee-Konferenz endgültig organisiert wurde.

57,23 **Kommandant:** Bezeichnet eine Person im Militär, die die Führung einer Abteilung, eines Verbands oder in diesem Fall die Führung eines Konzentrationslagers innehat.

62,26 **Ergo:** Von lat. ›ergo‹: bedeutet so viel wie ›also‹, ›folglich‹ oder ›demnach‹.

71,1 **»Heil Hitler«:** Der Hitlergruß oder auch »Deutscher Gruß« wurde zunächst von NSDAP-Mitgliedern verwendet und ab 1933 für alle Deutschen verbindlich vorgeschrieben. Er galt als Bekenntnis zum Nationalsozialismus und war Ausdruck der Verehrung Adolf Hitlers.

89,1 **Fred Astaire:** Fred Astaire (1899–1987) war ein amerikanischer Tänzer und Choreograph, Sänger und Schauspieler. Er spielte in den 1930er und 1940er Jahren in zahlreichen Tanzfilmen mit.

91,18 **Oberleutnant:** Dienstgrad bei verschiedenen Militärabteilungen. In der Wehrmacht war Oberleutnant der höchste Offiziersrang in der Dienstgradgruppe der Leutnante, die wiederum alle rangniedrigsten Offiziersdienstgrade umfasst.

119,3 **Patriot:** Eine Person, die ihr Vaterland sehr liebt, also eine starke emotionale Bindung an die eigene Nation hat.

129,19 **Christopher Columbus und Amerigo Vespucci:** Christoph Kolumbus (um 1451–1506) war ein Seefahrer, der im Jahr 1492 Amerika entdeckte. Amerigo Vespucci (ca. 1451–1512) war ebenfalls ein Seefahrer und Entdecker, der Teile der südamerikanischen Ostküste entdeckte.

134,3 f. **Armbinde mit einem Stern:** Gemeint ist der Davidstern, der als Symbol für das Judentum und das Volk Israel gilt. Er besteht aus zwei ineinander verwobenen Dreiecken und ist benannt nach König David (König von Juda). Von den Nationalsozialisten wurde er als Symbol verwendet, das Juden im öffentlichen Raum kennzeichnen sollte und damit diskriminierte.

136,9 **Schmuel:** Schmuel (oder Shmuel) ist ein biblischer Name aus dem Alten Testament, der so viel wie ›von

Gott erbeten‹ bedeutet. In der deutschsprachigen Übersetzung wird der Name meist als »Samuel« wiedergegeben, in der Ursprungsform ist er noch heute ein verbreiteter jüdischer Vorname.

152,27 **Eva:** Eva Braun war die Lebensgefährtin Adolf Hitlers. Die beiden heirateten erst am Abend vor ihrem gemeinsamen Selbstmord am 30. April 1945.

157,19 **Hakenkreuz:** Das Hakenkreuzsymbol heißt ursprünglich Swastika (Sanskrit für ›Glücksbringer‹) und wurde von den Nationalsozialisten als Kennzeichen der NSDAP sowie auf der Flagge des Deutschen Reiches verwendet. Es wurde damit zu einem höchst antisemitischen und rassistischen Symbol und ist bis heute von dieser Bedeutung geprägt.

158,25–27 **Viertel von Krakau [...], um das die Soldaten eine hohe Mauer bauten:** Anspielung auf das Getto in Krakau, das ein Sammellager für alle jüdischen Menschen in der Stadt war. Im März 1941 wurde die gesamte jüdische Bevölkerung Krakaus von den deutschen Besatzungstruppen gezwungen, in das viel zu kleine, von einer Mauer und Stacheldraht umgebene Viertel zu ziehen und dort beengt unter katastrophalen Bedingungen zu leben. Zahlreiche Menschen starben wegen der Unterernährung oder fielen Massenmorden der Nationalsozialisten zum Opfer. Das Getto wurde 1943 aufgelöst; die Bewohner wurden in das Konzentrationslager Płaszów bzw. in das Vernichtungslager Auschwitz-Birkenau deportiert.

196,18 **Sarkasmus:** Beißender, bitterer Hohn, mit dem man jemanden oder etwas verspotten will.

201,5 **Offiziere:** Militärischer Rang, der Dienstgrade vom Leutnant bis zum General umfasst.

203,6 **Die Schatzinsel:** Englischer Abenteuerroman aus dem Jahr 1883, geschrieben von Robert Louis Stevenson, in dem es um die Suche nach einem Piratenschatz geht.

10. Prüfungsaufgaben mit Lösungshinweisen

Aufgabe 1

Beschreiben Sie die Erzählsituation(en) im Roman und berücksichtigen Sie die Folgen für den Leser, die sich daraus ergeben.

Lösungshinweise

Für die Lösung dieser Aufgabe sollte zunächst gesagt werden, dass die personale Erzählsituation im Roman vorherrscht. Darzulegen ist, was diese erzählerische Vermittlung auszeichnet: Es gibt nicht *einen* wirklichen Erzähler, d. h. die Geschichte wird nicht von einer klar zu definierenden und kohärenten Stimme erzählt. Stattdessen werden die Geschehnisse wie mit einer Kamera, aber aus der Perspektive einer Figur beschrieben. Hauptsächlich ist es in *Der Junge im gestreiften Pyjama* die Perspektive von Bruno, aus der die Geschichte erzählt wird – er ist damit die primäre Reflektorfigur der Erzählinstanz. Das hat Folgen für den Leser: Denn sowohl die Handlung als auch die Figuren werden uns fast ausschließlich aus Brunos Sicht dargestellt – der Blickwinkel ist deshalb für den Leser stark reduziert. Wertende oder kommentierende Äußerungen aus einer übergeordneten Perspektive über das Gesamtgeschehen fehlen somit. Da Bruno eine naive und kindliche Perspektive einnimmt, muss der Leser die daraus entstehenden Leerstellen im Roman mit seinem eigenen Wissen füllen bzw. konfrontieren. An wenigen Stellen wechselt die Reflektorfigur (z. B. wird aus der Perspektive von Schmuel erzählt) – hier ist es bedeutsam, diesen Wechsel wahrzunehmen. Solche Stellen treten im Roman deutlich hervor.

Das letzte Kapitel, das dann aus einer auktorialen Erzählsituation geschildert wird, hat ebenfalls einen besonderen Stellenwert im Roman: Nachdem Bruno nicht mehr zurückkehrt, schildert eine auktoriale Erzählinstanz allwissend das Geschehen und animiert den Leser im letzten Satz, Stellung zu beziehen.

Aufgabe 2

Charakterisieren Sie die Figuren Bruno und Schmuel. Gehen Sie dabei auch auf die Freundschaft der beiden ein und berücksichtigen Sie die Entwicklung der Figuren im Verlauf des Romans.

Lösungshinweise

Da es eine personale Erzählsituation im Roman gibt, ist es wichtig, zu erläutern, dass die Figuren fast ausschließlich aus Brunos Perspektive charakterisiert werden. Hier kann deshalb von einer (expliziten) figuralen Figurencharakterisierung gesprochen werden, bei der es keine objektive Darstellung der Figuren gibt.

Während Bruno als Protagonist bereits ab Kapitel 1 auftritt, wird Schmuel erst in Kapitel 10 – in der Mitte der Erzählung – eingeführt. Bereits zu Beginn des Romans erkennt der Leser Brunos naive und kindliche Ichbezogenheit. Der Protagonist ist sich der Situation, in der er sich befindet, nicht bewusst. Er erscheint völlig unverdorben und zieht keine Konsequenzen aus den Ereignissen, die passieren. Er bleibt bis zuletzt in seiner kindlichen Art verhaftet. Bruno lebt in seiner eigenen Welt, in der es keinen Platz für Rassismus, Gewalt und Ausgrenzung gibt. Trotz sprachlicher Fortschritte kann er bis zum Ende Auschwitz (»Aus-Wisch«) und Führer (»Furor«) nicht richtig aussprechen.

Die Freundschaft zwischen Bruno und Schmuel steht im doppelten Sinne im Mittelpunkt der Erzählung (strukturell und thematisch). Schmuel wird zuerst als Kontrastfigur zu Bruno beschrieben, d. h. die Unterschiede der beiden Figuren werden dargestellt. Doch im weiteren Verlauf entwickelt sich die Freundschaft, und damit einhergehend wird die Distanz zwischen den Jungen immer weiter abgebaut, es kommt zu einer zunehmenden Parallelisierung der beiden Figuren.

Bruno verkennt Schmuels Situation jedoch völlig. Wichtig ist es, ebenfalls auf die Entwicklung der Figur Bruno einzugehen. Denn während er zu Beginn der Freundschaft noch eine gewisse Insensibilität und Empathielosigkeit zeigt, verändert er sich und insbesondere sein Verhalten: Nachdem er ihn einmal verrät – mit fast tödlichen Folgen –, zeigt er Schmuel gegenüber zunehmend Loyalität und gibt ihm das Gefühl, ein wahrer Freund zu sein, er übernimmt Verantwortung und zeigt Solidarität. Beide Jungen überwinden durch ihre Freundschaft in zweifacher Hinsicht die Zäune, die auf der Welt existieren und versprechen einander in der letzten Szene ewige Freundschaft.

Aufgabe 3

Nehmen Sie kritisch Stellung zu dem letzten Absatz der Erzählung:

> »Dies ist das Ende der Geschichte von Bruno und seiner Familie. Natürlich geschah dies alles vor langer Zeit, und etwas Ähnliches könnte nie wieder passieren. Nicht in diesen Tagen. Nicht in diesem Zeitalter.« (S. 266)

Berücksichtigen Sie hierbei auch die paratextuelle Gestaltung des Romans.

Lösungshinweise

Für eine kritische Stellungnahme ist es hier wichtig, zuallererst den Kontext, in dem die Sätze stehen, zu analysieren: Das letzte Kapitel wird von einer auktorialen Erzählinstanz vermittelt. Die Familie zerbricht an der Tatsache, dass Bruno nicht mehr zurückkehrt. Gretel und Mutter fahren nach Berlin zurück und Brunos Vater bleibt noch ein weiteres Jahr in »Aus-Wisch«, bevor er aus seinem Amt entlassen und verhaftet wird.

Die letzten zwei Sätze wollen den Leser noch einmal zum Nachdenken anregen. Während der Roman zuvor schon viele Leerstellen (Unbestimmtheitsstellen) aufweist, die durch die kindlich naive Sicht von Bruno entstehen, fordern die letzten Sätze den Leser auf, die Aussage zu reflektieren. In diesem Zusammenhang ist es wichtig, auf die paratextuelle Gestaltung des Romans einzugehen. Noch vor der eigentlichen Erzählung heißt es nämlich: »Zäune wie dieser existieren auf der ganzen Welt.« Und im Nachwort wird betont, »[a]uch heute gibt es noch Zäune wie den, der im Zentrum von *Der Junge im gestreiften Pyjama* steht«. Es ist also von zentraler Bedeutung, zu erkennen, dass das Ende des Romans in Konflikt mit der paratextuellen Rahmung des Werks gerät. Es ist die moralische Botschaft – die typisch für eine Fabel ist – und die auch hier klar ersichtlich wird: Die Zäune auf dieser Welt existieren bis heute und sind nicht nur ein Phänomen der Vergangenheit. Es liegt an uns, ihnen entgegenzutreten und sie niederzureißen, indem wir Ideologien, Hass und Ausgrenzung keinen Platz in unserem Leben geben.

Aufgabe 4

Analysieren Sie die Rolle der Vaterfigur im Roman. Gehen Sie dabei auch auf das letzte Kapitel ein und nehmen Sie hierzu kritisch Stellung.

Lösungshinweise

Für die Aufgabe ist es zunächst einmal wichtig, Brunos Vater kurz zu charakterisieren. Als Familienoberhaupt und Kommandant wird er als ernste Person beschrieben, die emotional distanziert ist. Er trifft für die Familie alle Entscheidungen und bezeichnet sich selbst als Patrioten. Höchste Priorität hat seine Arbeit, weshalb seine Familie und ihre Empfindungen oft nicht berücksichtigt werden. Seine Kompromisslosigkeit und ideologische Überzeugung zeigen sich immer wieder im Roman – so u. a. auch, wenn er Kotler versetzen lässt. Auf den Leser wirkt die Figur aus diesen Gründen unsympathisch.

Seiner Rolle als Kommandant in »Aus-Wisch« und seiner damit verbundenen Schuld wird in der Geschichte dagegen kaum explizit Platz eingeräumt. Der Roman fragt wenig nach der konkreten Schuld des Kommandanten, sondern porträtiert ihn eher als Opfer der Umstände. Wohl am deutlichsten wird dies im letzten Kapitel des Romans, in dem man fast schon Mitleid mit dem Vater empfindet, der seinen Sohn verloren hat. Das heißt jedoch konkret, dass man Mitleid mit einem der Haupttäter des Holocaust entwickelt. Dadurch entsteht eine falsche **poetische Gerechtigkeit**: Der Vater hat nun selbst seinen geliebten Sohn verloren und wird so für seine Taten »bestraft«. Dies könnte dazu führen, dass seine Schuld am Tod vieler anderer Menschen vom Leser nicht mehr angemessen wahrgenommen wird. Der dadurch möglicherweise entstehende **moralische Freispruch** wäre für einen realen Täter absolut inakzeptabel. Auch an dieser Stelle ist der Leser wieder implizit dazu aufgefordert, zu widersprechen und die Rolle des Vaters im Roman kritisch zu hinterfragen. So kann man zusammenfassen, dass das Ende des Romans in zweierlei Hinsicht problematisch ist: Zum einen durch die Sympathielenkung auf den Vater, für den der Leser neben Schmuel und Bruno Mitleid empfindet, und zum anderen durch die poetische Gerechtigkeit und den möglichen Fehlschluss, der Vater habe seine (angemessene) Strafe bekommen.

11. Literaturhinweise/Medienempfehlungen

Textausgaben

Boyne, John: Der Junge im gestreiften Pyjama. Eine Fabel. Übers. von Brigitte Jakobeit. 30., erg. Aufl. Frankfurt a. M.: Fischer, 2016. – *Nach dieser Ausgabe wird zitiert.*

Boyne, John: Der Junge im gestreiften Pyjama. Eine Fabel. Übers. von Brigitte Jakobeit. Mit Bildern von Gianni de Conno. Frankfurt a. M.: Fischer, 2009.

Hörbuch

Der Junge im gestreiften Pyjama. Gelesen von Ulrich Matthes. Berlin: Argon, 2009.

Film

Der Junge im gestreiften Pyjama. Großbritannien/USA 2008, Regie: Mark Herman. Drehbuch: John Boyne und Mark Herman.

Zu John Boyne und dessen Werk

Brand, Tilman von: Die Lücke im Zaun. Literarisches und historisches Lernen mit John Boynes *Der Junge im gestreiften Pyjama.* In: Praxis Deutsch 37 (2010) H. 224. S. 42–51. [Ein Artikel über die Verbindung von historischem und literarischem Lernen im Roman.]

Bredow, Wilfried von: Hinter dem hohen Zaun. In: Frankfurter Allgemeine Zeitung. Nr. 167 (21. 7. 2007). S. 34. [Positive Rezension zu Boynes Roman.]

Feuchert, Sascha: Mitschuldig werden ist nicht schwer. In: Frankfurter Allgemeine Zeitung (25. 9. 2017). S. 10. [Ein Artikel zu Boynes Werk *Der Junge auf dem Berg* mit Vergleichen zu *Der Junge im gestreiften Pyjama* und zur Holocaust-Literatur im Allgemeinen.]

Prestel, Katharina: Rezeptionen des Holocaust. Schülerinnen und Schüler lesen Anne Franks *Tagebuch* und John Boynes *Der Junge im gestreiften Pyjama*. Eine qualitative Studie. Berlin 2017. [Katharina Prestel untersucht in ihrer Studie, wie literarisches und historisches Lernen am Beispiel der zwei Werke bei Schülern verläuft.]

Rauch, Marja: Zeitgeschichtlicher Roman / Holocaustliteratur: *Der Junge im gestreiften Pyjama von John Boyne*, 2006. In: M. R.: Jugendliteratur der Gegenwart. Grundlagen. Methoden. Unterrichtsvorschläge. Seelze 2012. S. 101–118. [Eine Textanalyse und Unterrichtsvorschläge zum Roman.]

Zum Nachschlagen von literaturwissenschaftlichen Sachbegriffen

Burdorf, Dieter [u. a.] (Hrsg.): Metzler-Lexikon Literatur. Begriffe und Definitionen. Stuttgart [3]2010. [Wichtige literaturwissenschaftliche Begriffe werden hier erklärt – eine Basislektüre.]

Martinez, Matias / Michael Scheffel (Hrsg.): Einführung

in die Erzähltheorie. München [8]2009. [Einführung in das Wie und Was des Erzählens (z. B. Erzählinstanzen etc.).]

Zum Holocaust

Benz, Wolfgang: Der Holocaust. München [8]2014. [Kompakte Überblicksdarstellung.]

Jäckel, Eberhard / Peter Longerich / Julius H. Schoeps (Hrsg.): Enzyklopädie des Holocaust. Die Verfolgung und Ermordung der europäischen Juden. Übers. von Margrit Bergner [u. a.]. München 1995. [Ein Nachschlagewerk mit Einträgen zu Personen, Ereignissen und Orten.]

Löw, Andrea / Markus Roth: Die Juden in Krakau unter deutscher Besatzung: 1939–1945. Göttingen 2011. [Zur Geschichte des realen Gettos in Krakau.]

Zum Konzentrationslager Auschwitz

Czech, Danuta: Kalendarium der Ereignisse im Konzentrationslager Auschwitz-Birkenau: 1939–1945. Übers. von Jochen August. Reinbek b. Hamburg [2]2008. [Umfangreiches Verzeichnis der Ereignisse in Auschwitz auf täglicher Basis.]

Langbein, Hermann: Menschen in Auschwitz. Frankfurt a. M. 2016. [Darstellung des Alltags der Häftlinge sowie auch des Handelns der Täter.]

Steinbacher, Sybille: Auschwitz. Geschichte und Nachgeschichte. 4., durchges. Aufl. München 2017. [Hervorragende, kompakte Darstellung, die auch für Schüler bereits sehr geeignet ist.]

Zum Thema Holocaust und Literatur

Birkmeyers, Jens / Annette Kliewer (Hrsg.): Holocaust im Deutschunterricht. Modelle für die Sekundarstufe I. Baltmannsweiler 2010. [Zum Einsatz von Holocaustliteratur im Deutschunterricht, richtet sich an Lehrkräfte.]

Dresden, Sem: Literatur und Holocaust. Übers. von Gregor Seferens und Andreas Ecke. Frankfurt a. M. 1997. [Studie über die Grundprobleme der Holocaustliteratur, auch für Schüler gut lesbar.]

Young, James E.: Beschreiben des Holocaust. Darstellung und Folgen der Interpretation. Übers. von Christa Schuenke. Frankfurt a. M. 1997. [Grundlegende Studie zum literaturwissenschaftlichen Umgang mit Holocaustliteratur; ab der Oberstufe geeignet.]

Materialien für den Unterricht

Haferkamp, Ingrid / Karin Harnischmacher / Daniela Janke: Einfach Deutsch. Unterrichtsmodell. John Boyne. Der Junge im gestreiften Pyjama. Paderborn 2011. [Vorschläge für den konkreten Einsatz des Romans im Unterricht, auch von Interesse für Schüler.]

Staleker, Michaela / Udo Staleker: Der Junge im gestreiften Pyjama. Lehrerheft. Rot a. d. Rot [2]2012. [Lehrerempfehlungen.]

Internetquellen

https://johnboyne.com/. [Offizielle Seite des Autors John Boyne.]

Hoffmann, Katrin: Kritik zu *Der Junge im gestreiften Pyjama* (1. 5. 2009). www.epd-film.de/filmkritiken/der-junge-im-gestreiften-pyjama. [Eine Kritik der Verfilmung.]

Leinkauf, Simone: Der Sohn des Lagerkommandanten (14. 10. 2007). www.tagesspiegel.de/kultur/literatur/der-sohn-des- lagerkommandanten/1068232.html. [In diesem Artikel wird die Perspektive des Romans thematisiert.]

Schnelle, Josef: Der Holocaust als harmloser Hollywood-Stoff (7. 5. 2009). www.deutschlandfunk.de/der-holocaust-als-harmloser-hollywood-stoff.691.de.html?dram: article_id=52807. [Artikel zum Film »Der Junge im gestreiften Pyjama«.]

Schwickert, Martin: Die Freundschaft siegt über die Gewalt der Verhältnisse (7. 5. 2009). www.tagesspiegel.de/kultur/buchautor-john-boyne-im-gespraech-die-freundschaft-siegt-ueber-die-gewalt-der-verhaeltnisse/1505664.html. [Interview mit dem Autor John Boyne.]

Wegmann, Ute: Der Mann, der Groß und Klein begeistert (10. 10. 2015). www.deutschlandfunk.de/john-boyne-der-mann-der-gross-und-klein-begeistert.1202.de.html?dram:article_id=333486. [Ein Interview mit dem Autor John Boyne.]

Westphal, Anke: Mark Hermans mutige, schreckliche Jugendbuch-Verfilmung *Der Junge im gestreiften Pyja-*

ma. Auschwitz, das kann nie plausibel sein (7. 5. 2009). www.berliner-zeitung.de/mark-hermans-mutige--schreckliche-jugendbuch-verfilmung--der-junge-im-gestreiften-pyjama--auschwitz--das-kann-nie-plausibel-sein-15624102?view=fragmentPreview. [Eine Kritik der Verfilmung.]

12. Zentrale Begriffe und Definitionen

Analepse (Rückblende): griech. *análēpsis* ›Wiederaufnahme‹, ›Wiederherstellung‹. In der Literaturwissenschaft meint der Begriff ein Erzählverhalten, bei dem ein zuvor geschehenes Ereignis rückblickend dargestellt wird. Der Erzähler berichtet also nachholend, was sich früher ereignet hat (vgl. den Gegenbegriff der ➤ Prolepse).

➤ S. 12, 54 f.

Enthistorisieren: hier: einen fiktionalen Text von der realen Geschichte mithilfe verschiedener literarischer Mittel distanzieren.

➤ S. 71 ff.

Erzählinstanz: Die Erzählinstanz vermittelt die Erzählung an den Leser. Hierbei wird an den Text die Frage gestellt: Wer spricht?

➤ S. 32, 53 f., 56 f., 71, 93

Erzählzeit und erzählte Zeit: Die Erzählzeit bezeichnet die zeitliche Spanne, die benötigt wird, um eine Geschichte zu erzählen bzw. zu lesen. Die erzählte Zeit dagegen umfasst die gesamte Zeit, die innerhalb der Erzählung in der erzählten Welt verstreicht. Ist die Erzählzeit kürzer als die erzählte Zeit, so spricht man von Zeitraffung. Der umgekehrte Fall wird als Zeitdehnung bezeichnet. Stimmen Erzählzeit und erzählte Zeit in etwa miteinander überein, spricht man von Zeitdeckung.

➤ S. 12, 81

Fabel: von lat. *fabula* ›Geschichte‹. Kurze Erzählung mit einer belehrenden Schlusspointe. Normalerweise nutzen

Fabeln für ihre moralische Erzählung Tiere oder auch Fabelwesen, die menschliche Eigenschaften verkörpern.

➤ S. 50 f., 70 ff., 84, 96

Figurencharakterisierung: Figuren können **explizit und implizit** charakterisiert werden. Hierbei ist entscheidend, ob die Eigenschaften der Figuren explizit, also direkt genannt werden (»Figur XY ist Z«), oder ob sie indirekt, zum Beispiel durch Mimik oder Gestik, vermittelt werden. Eine weitere Unterscheidung bezieht sich darauf, wer charakterisiert bzw. von wem die Informationen stammen. Hierbei unterscheidet man **auktoriale und figurale** Charaktersierungen. Bei einer auktorialen Charakterisierung wird vom Erzähler, d. h. von einer Außenperspektive, charakterisiert, während bei einer figuralen Charakterisierung aus der Perspektive einer Figur die Informationen vermittelt werden. Bei einer reinen figuralen Charakterisierung ist demnach keine wirklich objektive Darstellung der Figuren möglich.

➤ S. 28, 128

Genette, Gérard: Gérard Genette (1930–2018) war ein französischer Literaturwissenschaftler, der die Erzähltheorie maßgeblich geprägt hat.

➤ S. 68

Goldene Zwanziger: Bezeichnung für die 1920er Jahre, die zeitweise durch einen wirtschaftlichen Aufschwung in Deutschland gekennzeichnet waren. Auch in Kunst, Literatur und Wissenschaft wurde viel und progressiv experimentiert.

➤ S. 43

Hitler-Jugend: nationalsozialistische Jugendorganisation, deren Mitgliedschaft ab 1939 für alle deutschen Jungen zwischen 10 und 18 Jahren verpflichtend war. Dort wurden sie im Sinne des Nationalsozialismus zu Gehorsamkeit, Disziplin und Antisemitismus erzogen und auf den Kriegsdienst als Soldaten vorbereitet.

➤ S. 73

Holocaust: bezeichnet hier alle nationalsozialistischen Verfolgungs-, Terror- und Massenvernichtungsmaßnahmen der Nationalsozialisten gegen die verschiedenen Opfergruppen zwischen 1933 und 1945.

➤ S. 50 f., 63, 80, 113 f., 132 f.

Kontrastfigur: literarisches Mittel, um die Eigenschaften von einander unähnlichen Figuren besonders scharf herauszuarbeiten.

➤ S. 82 f., 129

Lager: Im Nationalsozialismus gab es eine Vielzahl an Arbeits-, Konzentrations- und Vernichtungslagern. Dort wurden v. a. jüdische Menschen, aber auch politische Gegner, Homosexuelle, Menschen mit Behinderung und viele andere, die von den Nationalsozialisten als minderwertig angesehen wurden, durch Zwangsarbeit ausgebeutet und massenweise ermordet. Viele starben auch an Unterernährung, unbehandelten Krankheiten oder den Folgen von Misshandlungen.

➤ S. 33, 60 ff., 76 ff., 80

Leerstelle: Grundbegriff der Rezeptionsästhetik (einer Interpretationsschule, die sich v. a. damit beschäftigt, wie der Rezipient ein Kunstwerk wahrnimmt), der von dem Literaturwissenschaftler Wolfgang Iser (1926–2007) eingeführt wurde. Hierbei geht es um die sogenannten Unbestimmtheitsstellen in einem Text, also um das Unausgesprochene, das durch den Leser erschlossen und ergänzt werden muss.

➤ S. 10, 50, 55 f., 98

medias in res: lat. ›mitten in die Sache‹, bezeichnet den Anfang einer Erzählung unmittelbar im Geschehen ohne Einleitung oder Vorstellung von Figuren, Handlungsort oder Situation. Das Gegenteil eines medias-in-res-Einstiegs ist ein Beginn ab ovo (lat. ›vom Ei‹).

➤ S. 12, 52

NSDAP: nationalsozialistische Deutsche Arbeiterpartei, die 1920 gegründet wurde. Das Programm der Partei zeichnete sich v. a. durch radikalen Antisemitismus und Nationalismus aus. Ab 1921 war Adolf Hitler Parteivorsitzender, zwischen 1933 und 1945 war sie die einzig zugelassene Partei in der deutschen Diktatur.

➤ S. 73, 85, 123 f.

Paratexte: bezeichnen das »Beiwerk des Buches«. Damit sind sämtliche Elemente in der Umgebung eines Erzähltextes gemeint; sie gehören nicht zur (fiktionalen) Geschichte selbst. Hierzu zählen der (Unter-)Titel, das Vor- und Nachwort, die Danksagung usw. Paratexte lassen sich weiter untergliedern in Peritexte (in unmittelbarer räumlicher Nähe zum Buch, wie Klappentexte, Cover etc.) und Epitexte (Autorinterviews, Verlagsinformationen etc.). (Die Begriffe wurden von G. Genette eingeführt.)

➤ S. 50, 56, 68 f., 95

Poetische Gerechtigkeit: bezeichnet den oft in der Literatur (und im Film) auftretenden (kausalen) Zusammenhang, bei dem auf Schuld und Sünde notwendig eine

Strafe folgt – und zwar außerhalb von Gerichtsverfahren. Diese Gerechtigkeit gibt es im ›echten‹ Leben leider oft nicht.

➤ S. 97 f., 132

Prolepse (Vorausschau, Vorausdeutung): griech. *prolepsis* ›Vorwegnahme‹, ist das Gegenteil der Analepse. Hier wird ein späteres Ereignis im Voraus erzählt. (Vgl. ➤ Analepse. Diese Begriffe wurden von G. Genette eingeführt.)

➤ S. 93

Protagonist: altgriech. ›Haupt-‹ oder ›Erst-Handelnder‹, bezeichnet in der Erzähltheorie die Hauptfigur einer Geschichte.

➤ S. 10, 28, 54, 75 f.

Reflektorfigur: Bei der personalen Erzählsituation wählt die Erzählinstanz eine bestimmte Figur, deren Gedanken und Gefühle sie vermittelt. Die Leser nehmen so die Erzählung aus der Perspektive dieser bestimmten Reflektorfigur wahr.

➤ S. 53 f., 56, 88, 93 f.

Rezipient: Empfänger eines Kommunikationsprozesses (also Leser, Hörer, Zuschauer etc.).

➤ S. 10, 78, 80, 94

Rückblende: siehe ➤ Analepse.

➤ S. 12, 18, 20, 55

Selektion: Selektionen fanden u. a. unmittelbar nach der Ankunft im Konzentrationslager statt. Dabei wurde zwischen arbeitsfähigen und nicht-arbeitsfähigen Gefangenen unterschieden. Die arbeitsfähigen Menschen kamen ins Lager, während die nicht-arbeitsfähigen (v. a. alte und kranke Menschen sowie Kinder) unmittelbar nach ihrer Ankunft ermordet wurden.

➤ S. 8, 93

SS: Schutzstaffel, 1925 als Hitlers persönliche »Leib- und Prügelgarde« gegründet; die Mitglieder dieser Organisation waren wesentlich mitverantwortlich für die Verbrechen im Holocaust.

➤ S. 10, 73

Stanzel, Franz K.: (*4. August 1923) ist ein österreichischer Literaturwissenschaftler, der v. a. für sein Modell der drei Erzählsituationen bekannt ist.

➤ S. 53 f.

Titelei eines Buches: Gesamtheit der Seiten, die im Buch vor dem eigentlichen Inhalt stehen; enthält u. a. das Titelblatt und die Impressumseite.

➤ S. 69 f.

Versailler Vertrag: Friedensvertrag, der 1919 vom Vereinigten Königreich, von Frankreich, Russland und deren Alliierten mit Deutschland geschlossen wurde. Deutschland erkannte darin die alleinige Kriegsschuld an und musste deshalb sehr hohe Wiedergutmachungen (Reparationen) leisten.

➤ S. 45

Vorausschau: siehe ➤ Prolepse.

➤ S. 93

Wannsee-Konferenz: Zusammentreffen hochrangiger Regierungs- und SS-Vertreter am 20. Januar 1942 in einer Villa am Wannsee in Berlin. Unter dem Vorsitz von Reinhard Heydrich (SS-Obergruppenführer) wurde hier der Massenmord in den nationalsozialistischen Konzentrationslagern systematisch organisiert und geplant. Begonnen wurde dieser Massenmord jedoch bereits im Vorjahr.

➤ S. 62, 123

Zeitraffendes / zeitdehnendes / zeitdeckendes Erzählen: siehe ➤ Erzählzeit und erzählte Zeit.

➤ S. 52